徳　間　文　庫

婿殿開眼㈠

密　命　下　る

牧　秀彦

徳　間　書　店

目次

【主な登場人物】

笠井半蔵《かさいはんぞう》　百五十俵取りの直参《じきさん》旗本。下勘定所《したかんじょうしょ》に勤める平勘定。

佐和《さわ》　笠井家の家付き娘。半蔵を婿に迎えて十年目。

お駒《こま》　呉服橋《ごふくばし》で一膳飯屋『笹《ささ》のや』を営む可憐な娘。

梅吉《うめきち》　『笹のや』で板前として働く若い衆。

矢部左近衛将監定謙《やべさこんえのしょうげんさだのり》　小普請《こぶしん》支配。素行の悪い大身旗本。

梶野土佐守良材《かじのとさのかみよしき》　勘定奉行。半蔵の上役。

高田俊平《たかだしゅんぺい》　北町奉行所の定廻同心《じょうまわりどうしん》。半蔵と同門の剣友。

宇野幸内《うのこうない》　南町奉行所の元吟味《ぎんみ》方与力。俊平の後見役。

仁杉五郎左衛門《ひとすぎごろうざえもん》　南町奉行所の年番方与力。町民の支持も厚い好人物。

遠山左衛門尉景元《とおやまさえもんのじょうかげもと》　北町奉行。幸内とは昵懇《じっこん》の間柄。

筒井伊賀守政憲《つついいがのかみまさのり》　南町奉行。

鳥居耀蔵《とりいようぞう》　目付。

村垣範正《むらがきのりまさ》　小十人組《こじゅうにんぐみ》。半蔵の腹違いの弟。
近藤周助邦武《こんどうしゅうすけくにたけ》　天然理心流三代宗家。

【単位換算一覧】
一尺《しゃく》（約三〇・三〇三センチ）　一寸《すん》（約三・〇三〇三センチ）　一分《ぶ》（約〇・三〇三〇三センチ）　一丈《じょう》（約三・〇三〇三メートル）　一間《けん》（一・八一八一八メートル）
一里《り》（三・九二七二七キロメートル）　一斗《と》（一八・〇三九一リットル）　一升《しょう》（一・八〇三九一リットル）　一合《ごう》（〇・一八〇三九一リットル）　一勺《しゃく》（〇・〇一八〇三九一リットル）　一貫《かん》（三・七五キログラム）　一匁《もんめ》（三・七五グラム）　一刻《とき》（約二時間）
半刻《はんとき》（約一時間）　四半刻《し》（約三〇分）　等

序章　天保二年如月吉日《きさらぎきちじつ》

妻の白無垢《しろむく》姿《すがた》は美しかった。

（天女さまの生まれ変わりか……）

綿帽子から覗《のぞ》けて見えた花の顔《かんばせ》を前にして、半蔵《はんぞう》は本気でそう思った。

半蔵は当年二十三歳。幼い頃に江戸の市中を離れ、甲州街道を辿《たど》った先の武州多摩郡の地で剣術修行に明け暮れて、身の丈が六尺近くの偉丈夫に育った。

祝言《しゅうげん》を挙げた後は、このまま江戸で暮らすこととなる。

婿入り先の笠井《かさい》家は代々、勘定《かんじょう》奉行の下にて働く家柄。算盤《そろばん》が大の苦手というのに務まるのかは定かでないが、この美しい花嫁と添い遂げたければ粉骨砕身、受け継ぐ役目を全《まっと》うするしかあるまい。

「何としたのだ。先程からうんうん唸《うな》ってばかりおる故、皆が案じておるぞ」

上座で力み返った半蔵に、義父《ぎふ》が心配そうに躙《にじ》り寄ってきた。

半蔵を始めとする近在の若い衆に稽古《けいこ》を付けるときの鬼気迫る形相《ぎょうそう》から一転し、日に焼けた顔を祝い酒で赤らめているのが微笑《ほほえ》ましい。

「ご心配をおかけして申し訳ありませぬ、先生」

「これ、水臭いぞ。今日ぐらいは父と呼ばぬか」

「恐れ入りまする……義父上《ちちうえ》」

「うむ、うむ」

満足そうに微笑んで、義父は言った。

「堅いお家の婿ともなれば苦労も多かろうが、これまで重ねし鍛錬の日々を思い起こして耐えるのじゃ。おぬしの気組《きぐみ》を以《もっ》てすれば、険《けわ》しき道とて拓《ひら》けようぞ」

「つ、努めて精進いたしまする」

耳元で告げられた言葉を嚙《か》み締め、半蔵は更に力んだ。

隣に座った佐和《さわ》は何も言わずにいる。

武骨な顔を更に強張《こわば》らせる花婿を横目に独り、静かに微笑むばかりだった。

時に天保二年（一八三一）二月吉日。

十年後の惨憺《さんたん》たる有り様を、若い夫婦はまだ知らない。

第一章　婿殿の剣難女難《けんなんじょなん》

一

「お前さまには愛想が尽きました！　二度とお戻りなされますな！」

夜明け前の屋敷に妻の金切り声が響き渡った。

いつもつまらぬ理由で癇癪《かんしゃく》を起こされるのは腹立たしいことだが、家付き娘が相手では扱いに困ってしまう。

喋《しゃべ》り下手《べた》な半蔵《はんぞう》は文句も言えず、今朝も黙って耐えるばかり。

うっかり口ごたえなどすれば何倍も怒鳴り返されるのは、この屋敷で祝言《しゅうげん》を挙げてから十年来、嫌と言うほど思い知らされてきた。

天保十二年（一八四一）も二月を迎えた、冷え込みの厳しい朝。

その日一番の癇癪は、今日は何の日か覚えておられますかと、起床して早々に聞かれたのが始まりであった。

「ううむ、初午《はつうま》はまだであろう……」

寝ぼけ眼《まなこ》で答えた途端、佐和《さわ》は切れ長の目を吊《つ》り上げた。

見開いた半蔵の瞳に映じる顔は、恐ろしくも美しい。

三十路《みそじ》に近くなった今も、祝言の席で天女を彷彿《ほうふつ》させた美貌は健在。先に起床して身支度を調《ととの》え、化粧も抜かりなく整える習慣も変わっていない。

身の丈こそ低いが体つきは均整が取れており、肌は抜けるように白い。未《いま》だ手は荒れておらず、下っ腹も出てはいなかった。

対する半蔵は男臭い風貌の持ち主だった。

肌の色が浅黒く、彫《ほ》りの深い顔立ちである。

凜《りん》とした瞳は涼しげだが、太い眉が厳《いか》めしい。

身の丈は五尺八寸。寝間着のはだけた襟元《えりもと》から覗く胸板は厚く、袖口《そでぐち》から突き出た腕も太い。立ち上がれば佐和より頭一つ大きいであろう、堂々たる偉丈夫だった。

そんな巨漢の三十男が布団に半身を起こしたままで蛇に魅入《みい》られた蛙《かえる》の如く、動けなくなっている。

上掛けの夜着の端を握った手はごつく、指が節くれ立っている。

太くたくましい指が、今は小刻みに震えていた。

「本日は私どもが祝言を挙げて十年目の、目出《めで》たき日にございまするぞ……」

淡い灯火の下で告げてくる佐和の美貌は、般若《はんにゃ》の面を思わせた。

「さ、左様《さよう》であったな」

「白々しいっ。お忘れだったのでありましょう！」

鋭い一喝に半蔵はびくっと首をすくませる。

廊下に控《ひか》えた二人の若い女中は顔を見合わせ、呆《あき》れた表情を浮かべていた。

嫁入り前に武家の行儀作法を見習うために奉公している、日本橋の富裕な商家の娘たちである。

笠井家は百五十俵取りの小身ながら、三河以来の直参《じきさん》旗本。

その家付き娘である佐和は、旗本八万騎の中で随一の美貌の持ち主と知られた佳人であり、三十路が間近の今も町を歩けば男女の別なく、誰もが振り返らずにはいられない。二人の女中も佐和に憧《あこが》れ、どのみち行儀見習いで武家屋敷に奉公をするならば笠井様のお屋敷がいいと、父親にせがんだ口だった。

奉公してもらったところで大した給金など渡せぬが、金が有り余っている豪商の娘たちは報酬を得たいとは最初から考えてもいない。逆に父親に用意させた大枚の謝礼を持参してくれるので、家計が助かって有難《ありがた》い限りであった。

できることならば大事にし、奉公が長続きするようにしてほしいものである。

そんな半蔵の期待を、佐和は裏切ってばかりいた。

「そなたたち、いつまでそこに居るつもりか」

佐和はすっと首を巡らせ、二人の女中を睨《にら》み付けた。

「と、殿さまの朝のお支度を……」

水を満たした盥《たらい》を捧《ささ》げ持った女中が、戸惑《とまど》った様子で答える。

今一人の女中も歯磨き粉と手ぬぐいを載《の》せた盆を手にしたまま、恐怖に顔を強張《こわば》らせていた。

起床した半蔵に洗顔と歯磨きをさせ、着替えを手伝うのは、かねてより佐和から申しつけられている役目。わがまま放題に育てられた豪商の娘たちにしては慣れぬ役目に励《はげ》んでくれていると、半蔵は日頃から謝していた。

しかし佐和は、健気《けなげ》な働きぶりにも一切の容赦《ようしゃ》をしない。

「今は夫婦の話をしておる最中ぞ。見て分からぬか」

女中たちを見返す視線は鋭い。

なまじ美形であるが故、凄《すご》みを帯びて余りあった。

「下がっておれ。障子を閉めよ」

「は、はいっ」

「申し訳ありませぬ！」

女中たちが慌てて頭を下げる。

こんな屋敷に来なければよかったと、二人して悔《く》いているに違いなかった。

旗本の奥方たる者は奉公人の手本として慎《つつし》みを心がけ、感情の乱れを見せてはならないはず。まして夫を叱《しか》り付けるとは言語道断《ごんごどうだん》であり、これから良家に嫁《とつ》ぐ身である女中の教育にも何もなってはいまい。

一家を統《す》べる夫としては、厳しく戒《いまし》めるべきだろう。

だが、半蔵は佐和には逆《さか》らえなかった。

百五十俵取りの小旗本の家とはいえ婿養子に入った以上、何であれ文句を言うわけにいかぬのだ。

「お前さま」

そんな半蔵に佐和は詰め寄り、怒りの眼差《まなざ》しを向けてきた。

「本日で十年なのですぞ。何故《なにゆえ》、これほどまでにもの覚えが悪いのですか……」

「た、たまさかのことだ。許せ」

「いいえ、一事が万事にございます！」

朱唇を突いて出る言葉は苛烈《かれつ》そのもの。

行住坐臥《ぎょうじゅうざが》、常にこの調子であった。

祝言の日を忘れていたとあっては激怒されても仕方あるまいが、佐和が言うとおり半蔵は日頃から、些細《ささい》なことで叱られてばかりいる。

茶を一服するときでさえ、油断はできない。

その碗の持ち方は何だ。指を浮かせるな。刀を握る手の内も同じであろう。

羊羹《ようかん》は一口で食するのが作法のはず。こちらが小さく切って供したのに、いちいち齧《かじ》るのはなぜなのか。貧乏くさい真似《まね》をするな。

そんなことばかり言われていては、茶も菓子も味わう気分が失《う》せてしまう。

招かれた先の席で同様の粗相《そそう》をしてしまったのならば、帰宅した後に説教をされても止《や》むを得まい。

入り婿であろうと茶の道の心得は武士に欠かせぬ教養であり、茶席での立ち居振る舞いが剣の道に相通じるのも事実であった。

とはいえ非番の日に縁側でのんびり茶を飲んでいるときにまで、あれこれ言われては堪《たま》らない。

自宅がくつろぐための場所であるのは、武士も町人も同じこと。

まして夫婦《めおと》ならば互いに日常のだらけた部分を隠し立てせず、世間並みに、適当に折り合いをつけながら暮らせばいいではないか。

そんな夫の甘い考えを佐和は許さず、十年に亘《わた》ってしごき続けてきた。

新婚当初は口下手ながらも抵抗を試みていた半蔵だが、近頃は一言も反論せずに耐えている。

何しろ、妻の弁の立ちっぷりは尋常ではない。

言い負かすことのできる者など誰も居るまい。

そんな諦《あきら》めが先に立てばこそ、半蔵は口ごたえをしないのだ。

「ともあれご出仕なされませ」

今朝も佐和の怒りが収まらぬまま、早々に玄関へ追いやられた。

表が暗いのも当然で、まだ朝七つ（午前四時）前である。

勘定所勤めでこれほど早く出仕するのは、奉行ぐらいであろう。

しかし、佐和は甘えを一切許さない。

決まった刻限がどうであれ、上役より遅れて出仕に及ぶは傲慢《ごうまん》の至り。

配下たる者、少しでも早く職場に着到《ちゃくとう》するように心がけるべし。

本来は昼四つ（午前十時）から昼八つ（午後二時）まで勤務していればいいという無茶な話だが、隠居した佐和の父がそうしていたとなれば、しがない入り婿の立場で文句は言えない。

「さ！　早うなされませ！」

金切り声に追い立てられる半蔵は常の通り、朝餉《あさげ》はお預けを食ったまま。腹が減っては戦《いくさ》ができぬと言いたいのはやまやまだが、怒り狂っているところに余計な口を挟むのは火に油を注《そそ》ぐに等しい。

慌ただしくも身支度《みじたく》だけはできていた。

出仕の装いは裃《かみしも》と半袴《はんばかま》。中の着物は熨斗目《のしめ》。剣術修行に明け暮れた若い頃には無縁だった正装も、日々の仕事着となって久しい。

女中たちが着付けてくれた装《よそお》いは問題ないが、首から上の有り様は酷《ひど》かった。

佐和は出仕させる前に夫の髷《まげ》を結《ゆ》い、髭《ひげ》を剃《そ》るのだけは女中や廻り髪結い任せにすることなく、自ら行うのが常である。

乳母日傘《おんばひがさ》のお嬢様育ちで、ただでさえ器用とは言い難いのに、怒りに任せては碌《ろく》な出来になりはしない。

ぎゅうぎゅうに元結《もっとい》を締め上げられた半蔵は両の目が吊り、浅黒い顔はかみそり負けだらけ。あちこちに血がにじんでいた。

それでも逆上するわけにはいかなかった。

佐和を本気で怒らせては、今までの苦労が水の泡。何のために耐えてきたのか、分からなくなってしまう。

(決して言い返してはなるまい……)

胸の内で己に言い聞かせ、半蔵は慎重に選んだ言葉を口にした。

「め、めでたき日にこれではいかんぞ、佐和」

頰《ほお》を伝う血をさりげなく指先でぬぐい、努めてにこやかに語りかけた。

「そうだ、夕餉《ゆうげ》は八百膳《やおぜん》の仕出しでも頼むがよかろう」

しかし、佐和は聞く耳を持ちはしなかった。

「何と仰せられますか！　お前さまは平《ひら》とは申せど、勘定所の御用を代々務めし笠井家の当主なのですぞっ。ご倹約を唱えられし越前守《えちぜんのかみ》様の意に背《そむ》き、贅沢《ぜいたく》をして何とします⁉」

「さ、されど祝いはせねばなるまい」

「それとこれとは話が別です！　お立場を考えなされ！」

袖《そで》にくるんだ刀を差し出しながら見返す視線は、先程にも増して鋭かった。

「あ、相すまぬ」

半蔵は気まずそうに刀を受け取った。

武芸の心得は婦女子の嗜《たしな》み程度のはずなのに、佐和の眼光《がんこう》と全身から発せられる気迫には、並の剣客では太刀打《たちう》ちできぬほどの力が込められている。

男ならば腕ずくで応じるところだが相手は女人《にょにん》、それも十年来の妻である。

相手の勢いに煽《あお》られて、手を上げるわけにもいかない。

「いってらっしゃいませ」

「お役目ご苦労様にございまする」

「うむ。そなたたちも大儀であろうが、奥を頼むぞ」

共に見送る二人の女中を小声でねぎらい、半蔵はそそくさと背を向ける。

中間《ちゅうげん》が並べてくれた雪駄《せった》を履《は》き、刀を左腰に帯びる。

奉公人の誰もが神妙にかしこまってはいたが、内心では呆れられていることを半蔵は承知の上。手本を示してしかるべき立場の夫婦が毎日この有り様では、敬意を払ってもらえなくなるのも当然であった。

(俺も辛《つら》いのだ。そなたたちも今しばらく耐えてくれ……)

内証《ないしょう》が苦しい旗本たちにとって、行儀見習いの町娘が持参してくれる礼金は貴重な現金収入である。

将軍家から現物支給される禄米《ろくまい》は永年《えいねん》一定と決まっており、年々の物価の上昇に合わせて増えることもない。役職手当として別途支給される役料も御役御免になれば即座に打ち切られ、無役《むやく》でも与えられる養《やしな》い扶持《ぶち》の家禄《かろく》のみでやり繰りせざるを得なくなる。

そのため御家人《ごけにん》はもとより旗本も庭で野菜を作ったり、高値で取り引きされる金魚の養殖や万年青《おもと》の栽培に励んだり、屋敷の空き部屋を人に貸したりといった副業を営む者が多かったが、代々の当主が勘定所勤めの笠井家では、家計がそこまで逼迫《ひっぱく》するには至っていない。

夫婦の間に子どもは居らず、隠居後に大川向こうの深川に移り住んだ佐和の両親は清貧の暮らしを楽しんでいて、金銭の援助を必要としてはいなかった。

なればこそ佐和は女中たちに気を遣わず、いつも威張っていられるのだ。

しかし、半蔵は常に危惧《きぐ》の念を抱いていた。

勘定所の役人として無能に過ぎることは常々自覚している。いつ御役御免にされてしまってもおかしくはないだろう。

佐和も夫が不出来と分かっていればこそ奉行より早く出仕し、やる気を示すように強《し》いているのであろうが、真面目なだけで全うできるほど宮仕えは甘くない。急にお払い箱になったときに備え、一文でも貯《た》めておいたほうがいいはずだ。女中たちにはできるだけ長く奉公してもらい、願わくば余分に謝礼を頂戴《ちょうだい》したいところだった。

ともあれ、しんどい勤めでも今は出仕しなくてはならない。

古びた冠木門《かぶきもん》を潜《くぐ》り、半蔵は表の通りに出た。

夜明け前の小路を、ひゅうと寒風が吹き過ぎていく。

笠井家の屋敷は江戸城を間近に望む、神田駿河台《かんだするがだい》に在《あ》る。

駿河台は近くの小川町《おがわまち》や番町《ばんちょう》と並んで武家地が多い。旗本でも千石を超える御大身の住まいがほとんどだが、長屋門の構えも見事な屋敷が並ぶ狭間《はざま》には、小ぢんまりとした冠木門の家も混じっている。

百五十俵取りの笠井家が将軍家から授かった屋敷地は二百坪。千石取りの旗本屋敷と比べれば三分の一以下の広さだが、職場の下勘定所がある大手御門とは目と鼻の先なので遅刻の恐れも無い。佐和の父が隠居するまで一日も遅参しなかったというのも考えてみれば当たり前のことだった。

このような一等地に半蔵が住めるのも、三河以来の旗本の家に婿入りすればこそ。

頭では分かっていても、嫌気は日々増すばかり。

家庭はもとより、職場でも肩身は狭い。

それでも、勘定所勤めは御役御免にされぬ限りは何とかなる。

組頭の説教や朋輩《ほうばい》たちの嫌味など、佐和の物言いに比べれば優しいものだ。

（何故、ここまでこじれてしもうたのか……）

暗い空の下を歩きながら、半蔵は溜め息を吐《つ》く。

未だに子どもがいないのも、ひとつの原因なのだろう。

武家も商家も後継ぎを儲けるために嫁を迎え、家付き娘しかいない場合は婿を取らせるのが習いである。

子宝に恵まれなければ追い出されるのは、婿も同じであった。

務めを果たせずにいるのは不甲斐《ふがい》なき限りであるし、孫の顔を見せることがいつまでも叶《かな》わぬようでは、笠井の両親に対しても申し訳が立つまい。

とはいえ、半蔵は自分の立場を守ることだけに固執してはいなかった。

子どもを作ることも大事だが、まずは夫婦で円満に暮らしていきたい。

仲良く睦《むつ》み合っていれば自《おの》ずと子宝も授かるであろうし、子を成すには至らずとも養子を迎え、我が子と同様に慈《いつく》しみ育てればいい。半蔵自身もそうやって成長した身だからこそ、自信を持って言えることだった。

どうするにせよ、まずは夫婦仲を良くすることが必要だった。

佐和と仲睦まじく暮らしたい。

それは祝言の日から変わらぬ、半蔵の偽らざる願いであった。

本当に愛想が尽きていれば、いつまでも恥を忍びはしない。こちらから縁を切ってやり、身ひとつで屋敷を飛び出せばいいだけのことだ。

半蔵には落ち着く先がある。

たとえ築地の生家には戻れずとも、武州多摩郡に戻れば亡き義父の下で共に学んだ剣友たちを頼り、野良仕事を手伝いながら改めて剣術修行に、思い切り打ち込むこともできるのだ。

しかし、まだ踏ん切りはつかない。

未だ佐和に惹《ひ》かれていればこそ、逃げ出すことを迷っている。

妻は幾つになっても変わることなく美しい。いつも笑ってくれていれば申し分ないのに、半蔵が一緒にいると気分を害し、怒らせるばかりであった。

好きなればこそ、怒りで崩れた形相を見せられるのが辛くて堪らない。

なぜ、佐和はここまで夫を目の敵《かたき》にするのか。

御役御免になったとしても、佐和は共に暮らしてくれるのか。

一体どうすれば、愛《いと》しい妻と添い遂げられるのだろうか――。

婿入りから十年目の日を迎えていながら、未だ答えを見出《みいだ》せぬ半蔵であった。

二

暗がりの中、半蔵は提灯《ちょうちん》を持たずに歩みを進めていく。

中間も若党も伴わず、一人きりでの出仕だった。

夜勤の日だけは着替えを入れた挟箱《はさみばこ》を担いで同行させるが、ふだんの出仕には余計な供など必要ない。

もとより通い慣れた道であるし、剣術修行で鍛え上げた夜目も利く。

疾《と》うに眠気は覚めていたが、気分は晴れぬままだった。

(そういえば、星の巡りも悪《あ》しきものであったな……)

ふと脳裏に思い浮かんだのは、以前に一度だけ見てもらった占いの結果。

もちろん佐和には話していないが、二人の相性は最悪と出たものである。

天保十二年現在、文化六年（一八〇九）の巳《み》年生まれの半蔵は三十三歳。同十二年

（一八一五）亥《い》年生まれの佐和は二十七歳。陰陽《いんよう》五行《ごぎょう》に照らせば巳年は火性《ひしょう》で亥年は水《みず》性に当たる。

男が火で女が水の組み合わせは水克火《すいこくか》。

卦《け》は大凶である。

女が男を克《こく》する、すなわち押さえつけて牛耳《ぎゅうじ》ろうとするのが災いし、夫婦の間には喧嘩《けんか》が絶えず、妻は夫を敬《うやま》わぬばかりか嫉妬心も強いという。そのため家運が傾いて衣食は貧しく、子は三人授かるものの親の力にはならないらしい。

斯《か》くも最悪の相性でよく縁談がまとまったものだが、婿に入った立場では誰のことも恨むわけにはいくまい。

二人が夫婦となるに至ったのは、半蔵の生家の格が活《い》きたが故のことだった。

佐和は勘定奉行配下の平勘定を代々務める、笠井家の一人娘。

対する半蔵は、同じ旗本の村垣《むらがき》家の生まれである。

元を正せば村垣家は御庭番の家だが、半蔵の祖父に当たる定行《さだゆき》は遠国《おんごく》御用と称する諸国の探索を九度に亘って全うした功を認められ、勘定吟味《ぎんみ》役を振り出しに松前《まつまえ》奉行、作事《さくじ》奉行を経て勘定奉行を拝命。晩年に淡路守《あわじのかみ》の官名まで授かっている。そんな破格の出世を遂《と》げた祖父の威光があればこそ、半蔵は婿入りが叶ったのだ。

半蔵は故あって、村垣の家督は継げない身。

ならば他家の婿となり、持てる力を存分に発揮すればいい。

祖父の定行は不遇な孫のため、存命中にそんな配慮をしてくれたのだ。

定行が身を以て証明した通り、勘定所勤めは旗本として出世を目指すには、格好の足がかりとなる役職である。

(俺は出来が違うのだ……お祖父《じい》様やお奉行の如きご出世など、逆立ちしたところで叶うまいよ……)

足元から立ち上る寒さに耐えて歩きつつ、半蔵は胸の内でつぶやいた。

半蔵が仕える勘定奉行の梶野《かじの》土佐守《とさのかみ》良材《よしき》は、今は亡き祖父の村垣淡路守定行と同じく、御庭番から破格の出世を果たした傑物である。

勘定奉行の定員は四名。旗本から公事方《くじかた》と勝手方《かってかた》に二名ずつ登用され、天領で生じた訴訟の処理を公事方、幕府の歳入と歳出に関する一切を勝手方がそれぞれ担う。

公事方は自分の屋敷をそのまま役宅に用いるが、勝手方は江戸城中と大手門内の二箇所に設けられた勘定所において執務する。安永《あんえい》二年(一七七三)生まれの良材は昨年九月に勘定奉行として勝手方の職を奉じて以来、六十九歳の高齢の身でありながら、矍鑠《かくしゃく》として役目を全うしていた。

八代将軍の吉宗公の当時から御庭番を務める梶野家の嫡男に生まれた良材は、頭が切れるばかりか肉体も頑健そのもの。月番中は四季の別なく七つ半には下勘定へ出仕に及び、配下の面々が作成した書類に余さず目を通した上で登城すると五つ半（午前九時）から昼過ぎまで、江戸城本丸の御殿内にある上勘定所に詰めるという、激務の日々を送ることを厭《いと》わずにいる。

有能ぶりを見込んだ老中首座《しゅざ》の水野《みずの》越前守忠邦《ただくに》から重く用いられ、良材は今や幕政を共に改革する幕閣の要人となっていた。

もちろん、出世にも順序というものがある。

勘定奉行の職に就く前の良材は、御庭番から御広敷番頭《おひろしきばんがしら》を経て、勘定吟味役を務めていた。

半蔵の亡き祖父である定行もかつて任じられた勘定吟味役は、幕府の財務を抜かりなく取り締まる、老中直属の監査役。いわば会計監査官として、勘定奉行はもとより組頭に平勘定、支配勘定といった役人衆の日々の職務一切を厳しく監視する。職場が同じであっても勘定奉行の配下には属さぬため、不正を発見すれば遠慮せず、老中へ直《じか》に報じて処断を仰《あお》ぐ特権まで与えられている。

出世の足がかりだけに軽輩の旗本や御家人にとって憧れの役目だが、任を全うするのは困難そのもの。

しかし御庭番あがりの良材には、打ってつけの役目だったと言えよう。

もとより諜報活動に慣れており、数字にも強い良材にしてみれば帳簿の改竄《かいざん》や組織ぐるみの隠蔽《いんぺい》を見抜くのも容易《たやす》いこと。実績を認められ、ついに勘定奉行にまで抜擢《ばってき》されたのも当然だろう。

だが半蔵は、勘定所で出世に役立つ素養を持ち合わせていない。

剣の腕だけは養父の下で鍛えたものの、太平の世において立身するのに必要なのは武芸より学問。幕府も折に触れて武芸を奨励してはいるものの、役人として重んじられるのは弓馬刀槍《きゅうばとうそう》よりも勉学の才というのが現実であった。

とりわけ不利なのは半蔵が銭であれ数字であれ、勘定が不得手なこと。

武士の子の嗜《たしな》みとして漢籍の勉強こそ人並みに積んではきたが、勘定所勤めに必須の算盤は元服前から大の苦手。この十年の間に日々扱って慣れてはきたものの、弾《はじ》く手つきは今もたどたどしい。暗算をすれば勘定違いをするばかりで、算法《さんぽう》の問題など一目見ただけで頭が痛くなる。

（このざまでは吟味役になるはおろか、組頭への出世も無理であろうな……）

暗がりの中、半蔵は胸の内でぼやきながらも歩き続ける。

二月を迎えて季節の上では春とはいえ、夜明けは遅い。

半蔵の先行きにも、明るい見込みはなかった。

このまま職場でも家庭でもうだつの上がらぬまま、老いていくのだろうか。

やり切れぬ気分だった。

どのみち勘定奉行の配下として働き続けなければならぬのであれば、関東取締出《かんとうとりしまりしゅつ》役《やく》に任じられたいものである。

半蔵がそう考える理由は関八州を暴れ回る博徒を取り締まる、斬り捨て御免の特別警察ならば持ち前の剣の腕を存分に生かすことができるのではないか——という単純なことだけではない。

八州廻りとも呼ばれる関東取締出役は、公事方の勘定奉行配下の組織として天領の治安を守る警察活動を任務とする一方で農政にも広く携《たずさ》わり、各村の民を野良仕事に勤《いそ》しませるのが重要な役目とされている。

とりわけ若い農民たちを何とかできないものかと、半蔵は常々考えていた。

近年とみに盛んな養蚕《ようさん》を農閑期《のうかんき》に営んで現金を手にした農家では、後継ぎ以外の次男や三男が博打場《ばくちば》に出入りして身を持ち崩し、無頼の一家に加わる例が多い。

自身も生家を継げなかった半蔵には分からなくもない事情だが、冷や飯食いだからといって親や兄夫婦に反抗し、あげくの果てに悪の道へ走るなど、人として好ましいことではあるまい。希望を持てぬ若者たちが悪の一味に取り込まれる関八州の現状を何とかすべきと、半蔵は思わずにいられなかった。

（日の本の先々のためにも、これは危うき兆候と見なすべきだ）

勘定所勤めをしていながら経済というものをまったく解さぬ半蔵だが、武士の俸禄が米で有り続ける限り、農民が職分を放棄してしまっては元も子も無くなることには気づいていた。

米の収穫が減れば飢饉《ききん》を招き、将軍家のみならず諸大名の財政も悪化する。

予期せぬ天災は避けられないまでも、貴重な労働力の若者を無為に遊ばせておいてはなるまい。

何とか無職渡世《ぶしょくとせい》の足を洗わせ、親に勘当されて人別から名前を消された者たちにも更生の機を与えてやりたい。

関八州の各地に縄張りを持つ親分衆にしてみれば、戦力に取り込んだ若い衆が足を洗うことを簡単に許しはしないだろう。

公儀の役人が介入すれば異を唱え、場合によっては暴力沙汰《ざた》に発展しかねない。

（そのときは、遠慮なしに叩き潰《つぶ》してやればいい）

現場に出たくても許されず、内勤の身に甘んじて力が有り余っている半蔵にとっては願ってもないことだった。

武士の使命は鍛えた技を振るって悪と戦い、弱き民を救うことのはず。

埒《らち》もない銭勘定を毎日繰り返すよりも、よほど将軍家の御役に立つだろう。

願わくば、関東取締出役の任に就きたい。

どのみち勘定所勤めの枠から出られぬのであれば、せめて自分に向いた職場に異動をさせてもらいたい。

されど、人はいつの世も、希望と一致する職場には恵まれぬのが常である。

笠井家の入り婿として、半蔵が継いだ役目は平勘定。

来る日も来る日も算盤を弾くばかりの、味気ないこと極まりない毎日は十年の我慢を重ねても、未だ馴染《なじ》めぬものだった。

(思い切って願い出るか)

半蔵がそう思わぬ日は一日とてなかったが、すぐ考えを打ち消さざるを得ないのもいつものことだった。

(佐和は代々のお役目を誉《ほま》れと思うておる。御役替えなど願い出れば、どれほど怒るか分かったものではあるまいよ……)

半蔵が嘆じたとおり、佐和は父祖代々の役目に強い誇りを抱いていた。

女の身では家督を継げず、親の後を受けて出仕することも許されぬため、半蔵の締まらぬ勤めぶりを黙って見ているしかないのが歯がゆいと、日頃からあれこれ説教をして止まずにいるのだ。

佐和は弁が立つだけでなく、算盤と算法も抜きん出た実力を備え持つ。

言い出すのが怖くて黙っているが、願わくば教えてもらいたいほどだった。

もしも男に生まれていれば、御算用者と呼ばれる勘定の達人さながらの能力を早々に発揮し、疾うに組頭に抜擢されていただろう。勘定吟味役など飛び越して、奉行の座まで若くして狙《ねら》っていたかもしれない。口下手で数字にも弱い半蔵とは、まるで釣り合わぬ才女なのである。

(俺が女に生まれて嫁いでいれば、万事上手《うま》くいったのやもしれぬ)

埒もない考えを抱いたことで、情けなさが更に募《つの》った。

夜が明けるにはまだ早い。

半蔵の胸の内も、未だ暗いままであった。

三

大手門とは城の正門のことであり、江戸城においては内桜田御門と共に、登城口として用いられている。

内堀を挟んで対岸にそびえ立つ門を潜る前には、大名と五十歳以上の高齢者を除き必ず乗物——専用の駕籠《かご》を降りるのが決まりであった。

将軍の居城の虎口《こぐち》だけに、当然ながら護《まも》りは固い。堀に架かる橋を渡った先の番所には諸大名の家臣団が交代で門番として詰め、日が沈んでからも不寝番が夜通し警固《けいご》を怠《おこた》らずにいた。

昼夜の別を問わず警備が徹底されていても、忙しい時間帯は決まっている。大名と旗本が登城し始めるのは朝五つ（午前八時）になってからで、まだ辺りが暗いうちに姿を見せるのは、下勘定所に出仕する勝手方の勘定奉行ぐらいのものだ。

いつも朝五つから昼四つ（午前十時）にかけて大名と旗本が先を争い、御門を潜《くぐ》ろうとするために混雑が生じ、供の者たちも小競り合いをするので門番は喧嘩沙汰を防ぐのに気が抜けないが、夜明け前は平和そのもの。七つ半に勘定奉行の一行が着到するのに合わせて開門すれば良いだけのことだった。

とりわけ今月の月番である梶野土佐守良材は刻限に厳しく、昨年の九月に奉行職となってから一度も遅刻をしたことがない。

通行する者がしっかりしていれば、番をする側は自ずと気が緩む。

今朝は門前に見張りに立つことさえ怠り、番所の中で揃《そろ》って居眠りをしていた。

そんな体《てい》たらくとは知る由《よし》も無く、勘定奉行の一行が現れた。

提灯の光に続き、一挺《ちょう》の乗物が見えてきた。

城内の御庭とつながる道三堀《どうさんぼり》に沿い、粛々《しゅくしゅく》と進み行く乗物に付き従うのは草履取りと挟箱持ちの中間が一人ずつ。そして、警固の侍《さむらい》が二人。

陸尺《ろくしゃく》と呼ばれる四人の担ぎ手は一糸乱れず足並みを揃え、漆塗《うるしぬ》りの駕籠を門前の下馬《げば》先に運んでいく。

足利将軍家以来の伝統である「下馬」の二文字が記された木札の前に、乗物は静かに降ろされた。ここから先は歩いて橋を渡り、御門を潜って右手に在る、下勘定所に出仕するのだ。

草履取りが雪駄を並べ、供侍の一人が乗物の引戸に手を掛ける。

梶野良材が降り立った。

来年で七十になるとは思えぬほど、矍鑠とした老人である。

腰が曲がっておらず、自然に背筋が伸びているので身の丈が高く見える。やや太り肉《じし》だが極端に肥《こ》えてはおらず、白髪頭でありながら潑剌《はつらつ》とした雰囲気が失せぬ、貫禄十分な人物だった。

「皆、大儀である」

供の一同にねぎらいの言葉を与え、良材は大手御門に向き直る。

そこに駆け寄る足音が迫り来た。

暗がりの中から殺到する、賊の数は五人。覆面で隠された顔と髷の形は定かでないが股立《ももだ》ちを取って袴を穿《は》き、大小の二刀を帯びているので士分と察しが付いた。

思わぬ襲撃に供の者たちは色めき立った。

「お下がりくだされ、殿っ！」

「早う、御乗物に！」

供侍の二人は口々に切迫した声を上げつつ、腰の刀に手を伸ばす。

しかし、鯉口《こいぐち》を切るまでには至らない。

「うっ」

「ぐわ」

賊の刃が走り、血煙を上げて供侍たちがのけぞった。

一刀の下に沈黙させた二人を飛び越え、賊の一団は迫り来る。

「慮外者《りょがいもの》め……」

良材は仁王立ちとなり、迫る一団を睨《ね》め付ける。乗物から自ら取り出した刀の鞘《さや》を払い、八双の構えを取っていた。

「てめぇら、殿様に手ぇ出しやがったら承知しねぇぞ」

「その頭、かち割ってやるぜ！」

気丈な主君の先に立ち、二人の中間が手に手に木刀を引っ提《さ》げて駆け出した。

武家奉公の中間には強面《こわもて》の連中が揃っており、無頼の博徒はもとより武士でも歯が立たぬほど腕っ節の強い者が多い。喧嘩沙汰で刃物を持ち出すまでもなく、お仕着せの法被《はっぴ》の後ろ腰に差した木刀だけで叩きのめすのにも慣れていた。

いずれも意気込みは十分であったが、その蛮勇は無謀に過ぎた。

「ぎゃっ」

「うわっ」

凶刃が闇を裂き、中間たちが断末魔の悲鳴を上げる。

堀を挟んだ対岸の大手御門は閉じられたままだった。

門番たちはまだ眠り込んでいるらしい。こちらから橋を渡って助けを求めなければ御門内に駆け込むことも叶わぬのだ。

「む……」

良材の目が血走った。

残る手勢は四人の陸尺のみ。

迂闊《うかつ》に立ち向かおうとせずにいるのは、仲間の数が一人でも欠けてしまえば、重い乗物を動かせなくなるからだ。

御門内に駆け込むにせよ、反転して逃げ場を探すにせよ、主君を乗せて運ぶことが陸尺たちの使命である。任を全うする前に死に果てるわけにはいかなかった。

そんな陸尺たちを当てにすることなく、ずいと良材は前に出る。

間近まで迫った敵勢を、独りで迎え撃つ気なのだ。

「殿様、お逃げなされませ！」

「お早く！　お早く！」

陸尺たちは懸命に呼びかける。

それでも良材は、聞く耳を持とうとはしなかった。

「儂《わし》を梶野土佐守と知ってのことか」

気合いを込めて言い放ち、刀を上段に振りかぶる。八双の構えから刀を握った諸手《もろて》を上げていき、袈裟《けさ》に斬り付ける体勢を取ったのだ。

防具を着けて竹刀《しない》で打ち合う撃剣だけでなく、日頃から本身を手慣らしていると窺《うかが》わせる所作は頼もしい。

されど、老齢に至るまで出世第一に生きてきた良材は複数の敵と互角に渡り合えるほどの剣の修行を積んではいない。御庭番あがりで頑健な肉体を備えているが、人を斬った経験も持ち合わせてはいなかった。

良材の足が小刻みに震えている。

おびえていたわけではなかった。

底冷えのする中、足腰が痺《しび》れてきたばかりか両の手まで強張りつつある。

「くっ……」

焦《あせ》りのつぶやきを漏らした良材に、一人目の賊が斬りかかった。

夜明け前の冷気をびゅっと裂き、凶刃が袈裟に振り下ろされる。

鋭い金属音が響き渡った。

戦いに割って入ったのは、御門前に来合わせた半蔵。

鞘で刃筋を定めて抜刀し、良材を仕留めんとした斬撃を打ち払ったのだ。

「お奉行、御乗物へっ」

賊の一団に切っ先を向けて牽制《けんせい》しつつ、半蔵は背中越しに告げる。

「そのほう、平勘定の笠井か？……」

助けに入ったのが半蔵と気づいた途端、良材は絶句した。

有能な上役ならば、部下全員の顔と名前を知っているのも当然のことである。

十四名の勘定組頭、それぞれ百名前後の平勘定と支配勘定を抱える良材も、昨秋に勘定奉行の職を拝命して以来、配下の一人一人を把握《はあく》した上で、可能な限り適材適所となるように心がけてきた。

しかし良材の配下たちの中で、笠井半蔵は最もつかみどころのない男だった。

そもそも、なぜ勘定所勤めの家に婿入りすることができたのかが分からない。

代々の能吏《のうり》として御用を務めてきた笠井家の入り婿でありながら、半蔵は算用の才を微塵《みじん》も持ち合わせておらず、懸命にやってはいるが算盤の扱いは甚《はなは》だ不器用。商家の丁稚《でっち》でも連れてきたほうが、よほど役に立つだろう。

これまで半蔵の指導を任された歴代の組頭も扱いには苦慮しており、なまじ代々に亘って勘定所に貢献《こうけん》してきた笠井家の跡取りである上に当人も生真面目なため、御役御免にもできずに困り抜いているという。

そんな半蔵と良材が言葉を交わしたことは今まで一度もなく、下勘定所内の用部屋を見回るときも廊下から姿を見かけた程度だった。

まさか窮地を救われるとは、思ってもみなかったことである。

「この場は引き受けまする。早うお逃げくだされ」

茫然とする良材に多くを告げず、背を向けたまま促《うなが》す半蔵の口調は重々しい。

裃の肩衣《かたぎぬ》を外し、熨斗目の着物を剝《む》き出しにしていた。

襲撃の現場を目にして早々に鞘の栗形《くりかた》から下緒《さげお》を引き抜き、襷《たすき》代わりに両の袖をたくし上げ、動きやすい姿となったのだ。

間一髪のところに間に合ったのは常の如く佐和に急《せ》かされ、奉行より一足早く出仕するために屋敷を出てきたが故のこと。

十年来の妻の配慮が、思わぬ形で役に立ったのである。

勘働きの鋭い佐和もまさか奉行が命を狙われており、刺客に襲撃されるとまでは夢にも考えていないはず。不器用なのだからせめて朝一番で出仕して誠意を見せよと強いただけのことであり、人知れず奉行の護衛をしろとは一言も命じていない。

ともあれ現場に出くわした以上、上役を見殺しにすることはできなかった。

「さ、お早く！」

まだ動かずにいた良材を、半蔵は叱り付ける。屋敷で佐和を相手におどおどしているときとは別人の如く、荒々しい声だった。

「かたじけない」

良材は頷《うなず》き返しざま、乗物に飛び込んでいく。

すでに四人の陸尺は定位置に着いていた。

「決して止まるでないぞ」

「へいっ」

半蔵に気合いを入れられ、陸尺たちは一斉に走り出す。

同時に半蔵は声高く呼ばわった。

「ご開門ーん!!」

「な、何だ何だ」

「今時分に何の騒ぎだ?」

門番所から寝ぼけ眼の番人たちが顔を出す。

状況を把握してからの反応は早かった。

「い、急げっ」

「早う土佐守様をお通しいたせ!」

番人たちが走り出てくる。

知らぬ間に斬り合いが始まっていたことに慌てながらも良材を保護すべく、御門を押し開く動きは機敏。

番人の一人が御門内に駆け込んだのは、加勢を呼ぶためだろう。

「た、助かったぜ……」

「殿様、もう大丈夫でございやすよ！」

乗物を担いだ陸尺たちは、全速力で橋を渡っていく。

対する賊の一団に余裕はない。

御門内から加勢が駆け付ける前に、この場を逃れ出なくてはならなかった。

それぞれ抜き身を右肩に担ぎ上げたのは、仲間を傷付けぬための配慮。片手に引っ提げたまま駆け出せば、後続の者に刃が当たってしまうからだ。

「待たれよ」

駆け去らんとした一団の前に半蔵が立ちはだかった。

「おぬしら、お奉行に何の遺恨《いこん》があるのだ」

対する一団は誰も答えることなく、担いだ刀の柄《つか》に左手を添える。

行く手を阻む半蔵を斬る気だ。

一条の刃が袈裟に振り下ろされる。

応じて、半蔵は刀身を斜めに傾《かし》げる。

刹那《せつな》、重たい金属音と共に凶刃が受け流された。

そこに二人目が突きを入れてくる。

すかさず半蔵は横に跳んで回避する。

斬り付けは刀の鎬《しのぎ》――両側面の盛り上がった部分を当てて受け流し、あるいは受け止めれば防ぐことができるが、突きを入れられれば横か後ろに飛んで避けるのみ。一対一の勝負ならば刃筋を読んで打ち払い、よろけさせておいた上で攻め込むのもいいだろうが、頭数がこちらよりも多いとなれば無理は禁物だ。

続けざまに突いてくるのを、半蔵は機敏にかわしていく。

紙一重で間合いを見切り、無駄に大股で動きはしない。

佐和に叱り付けられて小さくなっていたときとは別人の如く、俊敏にして力強い体さばきだった。

それにしても、敵は手強《てごわ》い。

五人の息はぴったり合っている。刀を右肩に担ぎ上げ、切っ先を前に向けずにいるのは、誤って周囲の味方を突いてしまうのを防ぐための配慮である。

良材に私怨を抱いた者が雇った人斬り浪人の類《たぐい》ならば、ここまで連携が取れているはずもない。

この賊の一団は、ただの雇われ刺客の集まりとは違う。

確実に良材を討ち取ることを期し、何者かが集団戦の訓練を積ませた上で、満を持して差し向けたのではないか。

正体はどうであれ、逃がしてはなるまい。

一対五の劣勢にも臆《おく》することなく、半蔵は果敢に立ち向かっていく。

凶刃を続けざまに打ち払い、斬ってくるのを受け流す。

程なく御門内から押《お》っ取《と》り刀で加勢が駆け付けてくれることだろう。

それまで足止めをしておけば、自分の出番は終わるはず。

しかし、いつまで経《た》っても救援の気配は無い。

まさか、このまま誰一人として出て来ないつもりなのか。

有り得ぬことではなかった。

江戸城の虎口たる大手御門前で勘定奉行が襲われたのは一大事であるし、騒ぎが起きた当初に門番が揃って眠り込んでいたのも切腹ものの不祥事だった。

どうか不問に付してくれと門番頭から泣き付かれるまでもなく、良材としても事実を隠し通したいことだろう。

梶野土佐守良材は老中首座の水野越前守忠邦を補佐する、幕府の重要人物。今後は身辺の警固を強化する必要があるのはもちろんだが、まずは何者かに命を狙われたのを隠蔽しなくてはならない。

厳しく締め付けているようでいて、公儀は庶民の反応に敏感だ。

幕政の現場の頂点に立つ水野忠邦が改革を断行し、贅沢三昧だった十一代家斉公に代わる家慶公の信頼の下で奢侈《しゃし》禁制を推し進めている今も、幕府は市中の民を完全に抑え込むことができていなかった。

勘定奉行が暗殺されかけた噂が世間に広まれば何か後ろ暗いところがあったからに違いないと人々は勘繰って、瓦版屋もあれこれと騒ぎ立てるはず。

良材と同様に忠邦の腹心の一人である目付の鳥居耀蔵《とりいようぞう》が配下の小人《こびと》目付衆を総動員し、取り締まりを強化したとしても大江戸八百八町のすべての民の口に戸を立てるのは難しいだろう。

忠邦の改革をかねてより快《こころよ》く思わぬ反対派の大名まで疑いの目を向け始め、良材が命を狙われた理由を突き止めようと動き始めたら、一層面倒なことになる。

ならば、いっそのこと暗殺未遂の事件そのものを闇に葬ったほうが良い。

平勘定一人の生き死になど、幕府の権威を保つ上ではどうでもいい。

つまりはそういうことなのだ。

半蔵は見捨てられたのだ。

つくづく、今日は朝からツイていない。

しかし、いつまでも悔いている暇《いとま》は無かった。

この場に割って入った瞬間、半蔵は五人の賊の敵となったのだ。

きっかけが上役を助けるためだったとはいえ、その上役が口をつぐむとなれば後は修羅場《しゅらば》に残った者同士の問題。

賊の一団をまとめて斬り伏せるか、こちらが返り討ちにされて冷たい骸《むくろ》と化すのかは半蔵自身の踏ん張り次第であった。

四

一対五の戦いが打ち続く。

次第に半蔵は劣勢に立たされつつある。

斬り立ててくる五人の刀勢は鋭い。

日が昇りきる前に始末を付ければいいとでも割り切ったのか、焦ることなく半蔵に代わる代わる攻めかかってくる。

対する半蔵にとって、これは初めての真剣勝負。

常に刀を抜くときのことを考えて稽古を積み重ねたつもりだったが、いざ実戦の場に立たされた今となっては、甘かったと思い知らずにはいられなかった。

少年の頃から習練を重ねてきた数々の技もなかなか出せずにいる。

幸いだったのは流派の別を問わない攻防一致の技法として、亡き師匠から叩き込まれた受け流しの一手が生きたこと。

しかし、続けざまに敵の刃を受け流すのも難しくなりつつあった。

半蔵が手にした刀は、ささらの如くに成り果てていたのだ。

筋金入りの刀身ならば、ここまで傷《いた》むはずがない。

半蔵が屋敷から帯びてきたのは、勘定所勤めの職を養父から受け継ぐと同時に譲られた殿中差《でんちゅうざし》――登城用の黒鞘入りの一振りである。ささらと成り果てた刀身は二尺三寸物で、定寸《じょうすん》と呼ばれる刃長《はちょう》は六尺に近い半蔵の身の丈にはもともと合っていなかった。もはや防御の役にも立たず、このざまでは話になるまい。

(とんだ駄物だな。家宝の正宗《まさむね》が聞いて呆れる……)

またしても半蔵は自嘲《じちょう》したい気分になっていた。

折紙《おりがみ》付きとは名ばかりの刀を入り婿として授かった、己の愚かしさを苦笑せずにはいられなかった。

たしかに笠井家が代々優秀な御算用者だったのは分かるし、勘定所勤めが出世につながることにも異論を挟む余地は無い。だが半蔵にとって、これまでに笠井家で得てきたものは何一つとして役には立たなかった。ただひとつの特技である剣術を生かすための刀でさえ、もはや頼りにならなくなりつつあるのだ。

されど、報《むく》われないままでは悔いが残る。

入り婿ながらも美しい女を妻とした以上は、相思相愛になりたい。

そう願えばこそ厳しい態度にめげることなく、十年間も辛抱を重ねてきた。

この場で返り討ちにされてしまってはたまらない。

上役に見捨てられ、孤立無援のまま置き去りにされたのは仕方があるまい。

肝心なのは生き残ること。

誰に対しても言いたいことを言うのはそれからだ。

「来い！」

半蔵は決然と言い放った。

賊が無言で斬りかかって来る。

続けざまに金属音が上がり、一人と五人が入り乱れる。

辺りは次第に明るくなってきていた。

昇る朝日が大手御門を照らしている。

堀の水面《みなも》が陽光にきらめき、汗が染みる目に照り返しがまぶしい。

半蔵は劣勢に立たされつつある。

刀は疵《きず》だらけにされたあげくに歪《ゆが》みが生じ、もはや防御にも役立たなくなってしまっていた。

やむなく半蔵は脇差を抜き、五人の敵と渡り合っている。

一尺五寸物の刀身は頼りない。攻め込むまでには至らず、防戦に徹することを強いられるばかりである。

その防御も今は不利だった。

敵の斬撃を受け流すにしても、脇差では刀身が短すぎる。刀身に見合って柄も短いために右手だけで握らざるを得ず、両手持ちの刀に比べれば斬り付けを受け止めたときの安定性に欠けていた。

このままでは後が無い。

「くっ！」

半蔵は悔しげに歯噛みする。

これで自分は終わりなのか。

こんなところで命が尽きてしまうのか。

（死んでたまるか）

決然と眦《まなじり》を決し、半蔵は脇差を片手中段に構え直す。

ぬらつく汗が柄糸に染み込み、じっとりと湿りを帯びている。

半蔵の全身からも汗が噴き出し、熨斗目の着物は皺《しわ》だらけになっていた。

この衣装一式も刀と同様、笠井家代々のものである。

奮戦空《むな》しく返り討ちにされ、無言で帰宅すれば佐和は何と言うだろうか。夫が不慮の死を遂げたことを嘆き悲しむ前に、伝来の刀と装束が台なしにされて怒り狂うのではあるまいか。

（佐和ならば有り得るな……）

凶刃を打ち払いながら、半蔵はそう思わずにいられなかった。

つくづく自分は妻に弱い。

惚《ほ》れた弱みと言ってしまえばそれまでだが、叱られるのにも慣れている。

あの耳慣れた説教も、死んでしまえば二度と耳には届かない。

(俺は死なんぞ)

きっと半蔵は目を吊り上げる。

佐和が元結をきつめに締めてくれたおかげで、乱戦の最中であっても髪はまだほどけずにいた。

着物のあちこちを切り裂かれていても、傷は肌身にまで達していない。

夜明け前から出仕させる夫に寒い思いをさせないため、いつも一枚余分に用意してくれる肌襦袢《はだじゅばん》が防刃《ぼうじん》の役目を果たしていたのだ。

きらめく朝日の中、ばっと糸くずが散る。

同時に散った血しぶきは、見切りがわずかに甘かったのが災いしてのこと。

「く!」

勢いに乗った凶刃を脇差の鎬で受け止めつつ、半蔵はうめいた。

五人の賊は気力も体力も十分だった。

日が昇った以上、速やかに始末を付けたいはずである。

代わる代わる攻めかかる間隔が次第に狭まり、五人とも半蔵に致命傷を負わせようとして躍起になっていた。

それでいて、同士討ちになる愚は犯さない。一人が近間で渡り合っている間は遠巻きにして半蔵の退路を断つ役目を務め、斬り損ねた仲間が一歩下がると同時に入れ替わる。無駄な動きはまったく無い。

劣勢に立たされたまま、半蔵は堀端《ほりばた》に追い詰められた。

水中に飛び込んで逃れようにも、迫る敵との間合いが近すぎる。

身を躍らせて無防備になった瞬間、一刀の下に胴を断たれるのは目に見えていた。

足が強張っていては思うように動けず、凶刃から逃げ切ったところで堀を泳いで渡れそうにはない。

（これまでか……）

半蔵の息は乱れている。

その視線の向こうで大手御門は閉じられたままだった。

相変わらず、門内からは加勢が駆け付ける様子もない。

いずれ決着が付くと見込んで、成り行きを見守っているのだろう。

時刻は明け六つ（午前六時）を過ぎたばかり。大名や旗本の登城が始まる五つ刻には、まだ一刻近くも間がある。梶野良材はもとより、その意を汲《く》んだ門番も事が収まるまで待つつもりなのだ。

さすがに門前が各家の乗物で混《こ》み合い始めるまで放ってはおくまいが、少なくとも半刻以内に戦いが終われば速やかに後始末をし、血を流した上で亡骸《なきがら》を運び去ってしまえばいい。半蔵が敵を全滅させるのであれ、賊の一味が返り討ちにして逃げ去るのであれ、勘定奉行が大手御門前で襲撃された恥ずべき事実さえ隠蔽《いんぺい》できれば、それでいいのだ。

奉行の良材はとっくに門内の下勘定所に出仕して、決済待ちの書類に目を通すのに忙殺されている頃合いだった。

日々の役目をこなすためならば、配下の小役人がどうなろうと気にすまい。御庭番あがりの名奉行も所詮《しょせん》はそんな男なのだ。

(勝手なものだな)

半蔵は自嘲せずにはいられない。

もはや助からぬと悟ったことで、諦めが付きつつある。

せめて最後に一目、佐和に会いたいものだった。

そして、血を分けた弟にも——。

そう思った刹那、半蔵は目を見開いた。

道三堀沿いに一人の武士が駆けてくる。

駆け付けたのは齢《よわい》三十前後の、精悍《せいかん》な顔立ちをした男だった。

凛とした瞳も太い眉も、そして顔の形が卵型なのも半蔵と瓜二つ。

違うのは色白であることと、いかにも江戸っ子らしい鯔背《いなせ》な雰囲気を漂わせていること。

着流しの裾をはしょった男は下駄を脱ぎ棄《す》て、裸足《はだし》になって疾駆する。

右肩に担いでいるのは、撃剣の稽古に用いる竹刀。同じく稽古用の竹胴に面と小手をくるんで束ね、先にぶら下げていた。

稽古に出向く途中で大手御門の前に通りかかり、異変を知ったのだ。

「範正《のりまさ》、なのか!?」

駆け寄ってくる男の顔を見て、半蔵は信じ難い様子で叫ぶ。

「話は後だ、兄上！」

ひと声告げるや、範正と呼ばれた男は竹刀と防具を放り出す。

空いた両手を左腰に伸ばし、鯉口を切る。

くだけた着流し姿でいても、帯びた刀は堂々たる一振りだった。

肉厚の蛤刃《はまぐりば》が鞘走り、迫る賊の凶刃を弾く。

返す刀で斬り伏せられ、賊は地面に倒れ込む。

二人目の賊が迫り来る。

すかさず、範正は刀を大きく振りかぶる。

柳生新陰流の基本にして奥義とされる『合撃《がっしうち》』を浴びせるために取った、雷刀《らいとう》の構えであった。

兄の半蔵をいたぶり殺そうとした賊の一団を殲滅《せんめつ》するべく、怒りを込めて立ち向かわんとしているのだ。

この男、ただの旗本とは違う。

村垣範正、二十九歳。

半蔵と四歳違いの弟である範正は、亡き祖父の定行の計らいで分家して村垣姓を受け継いでいた。

定行は亡くなる前年の天保二年（一八三一）、可愛がってきた二人の孫の将来のために格別の配慮をしてくれた。

半蔵を笠井家へ婿入りさせると同時に弟の範正を分家させ、将軍の身辺を警固する小十人組《こじゅうにんぐみ》に入れたのだ。

旗本の子弟から猛者《もさ》ばかりが抜擢されて任に就く小十人組は、五番方《ごばんかた》と称する幕府の武官の中でも掛け値なしの実戦部隊である。

江戸城中にて不寝番の宿直《とのい》を務めるだけでなく将軍の外出先にも常に同行して目を光らせ、刺客が襲い来れば即座に返り討ちにする。半蔵の窮地に駆け付けるなり速攻で一人を倒したのも、人斬りに慣れていればこそなのだ。

頭が切れるのに加えて腕も立つ弟に小十人組は打ってつけの役目だろうと半蔵は常々感じており、駆け付けてくれたのも素直に有難かった。

しかし、弟に頼ってばかりいては面目が立たない。

そう思った刹那、五体に力が戻ってきた。

「後は任せよ、範正……」

「兄上？」

範正が戸惑った声を上げる。

半蔵が手にしていたのは、道端に放り出された竹刀だった。

自分の刀が役立たずになったからといって、抜き身を構えた四人の敵に斬れぬ得物《えもの》で立ち向かうとは無謀に過ぎる。

されど、半蔵はまったく臆していない。

脇差のみで五対一の苦戦を強いられていたときと違って、その立ち姿には威風さえ漂っている。

いつも屋敷で佐和を相手に小さくなっている半蔵が一とすれば、良材の窮地に割って入ったときが五。そして今は、限りなく十にまで近づいていた。

理由は竹刀を手にしたからである。

真剣勝負が初めての半蔵は、抜き身を満足に扱えていなかった。

斬られる不安を抱えていれば、自ずと防戦一方になる。

半蔵は敵に追い込まれ、防ぐばかりになっていたのとは違う。

初めて真剣で立ち合い、堂々と戦っている気でいても持ち前の力を発揮できていなかったのだ。

故に当人は完璧なつもりでいても手の内が定まらず、正真の折紙付きの名刀を疵だらけにしてしまったのである。

されど、竹刀であればお手の物。

稽古で少年の頃から専《もっぱ》ら用いてきたのは木刀、それも他の流派とは違って太く重たいものだったが、時代の流れに合わせて撃剣の修練も積んでいる。

範正は身の丈が半蔵とほぼ同じで、愛用の竹刀は長さがちょうどいい。十分に手慣らされており、調子も申し分ない。

じりっと半蔵は前に出る。

疲れ切っているはずなのに、放つ気迫は凄《すさ》まじい。

「う、うぬっ」

「こ、こやつ……」

賊の一団に動揺が走った。

終始無言で半蔵を攻め込んでいたときとは一転し、こちらの気迫に圧倒されている。

こうなってしまっては真剣を手にしていても話になるまい。

半蔵は四人の敵の直中《ただなか》に踏み込んでいく。

「おのれ！」

一人の賊が怒声を上げて賊が突きかかる。

次の瞬間、吹っ飛んだのは仕掛けた賊のほうだった。

凶刃を向けられながらも臆することなく、半蔵が突きの応酬を制したのだ。

半蔵が範正から拝借した竹刀は全長三尺九寸。

一尺の柄を差し引けば、刀身に当たる部分の長さは二尺九寸。

賊の一団が用いている刀よりも、優に一尺五寸は長い。

同時に突きを見舞ってもこれほどの差があれば、半蔵の竹刀が先に届いたのは当然だった。

むろん、真剣を恐れていては勝負になるまい。

斬れぬ竹刀を手にしていながら、なぜか半蔵は余裕を得ていた。

慣れない抜き身よりも、こちらのほうが遥《はる》かに扱いやすい。

敵の刃を受け止めれば即座に切断されてしまい、ささらの如くに成り果てた刀に続いて役立たずになるのは承知の上だ。

ならば受け止めも受け流しもせず、先んじて攻めればいい。

斬られる寸前に打ち倒し、突き伏せればいい。

そう腹を括《くく》った上で、改めて賊の一団に勝負に挑んだのだ。

残る三人に向かって、半蔵はじりじりと迫る。

そんな兄の姿を、範正は感心したように見やっていた。

もはや助太刀《すけだち》をするには及ばない。

「大したもんだな、兄上……」

真面目につぶやく口調は、範正の本音そのものだった。

半蔵が竹刀を手にした当初こそ慌てたものの、敵の刃を受けて壊れることさえ無ければ勝てるのも当然だろう。改めて、そう納得していた。

「うっ」

「ひ！」

二人の賊が悲鳴を上げ、相次いでのけぞった。

残る一人も同じ間合いで同時に刀を斬り下ろしたものの、定寸の刀では半蔵にまで届かない。

竹刀で脳天をしたたかに打たれ、最後の敵は昏倒した。

一度も敵の刃を受けなかった竹刀は、持ち主と共に無傷のままである。

夜明けまで苦戦を強いられ通しだったのと同じ者の戦いぶりとは思えない。

だが、これこそが笠井半蔵の実力なのである。

いつも家庭では恐妻に叱り付けられ、職場では無能と見なされて止まずにいる婿養子の三十男が備え持つ、知られざる真の力であった。

第二章　婿殿と板前と二人の女

一

登城する大名と旗本で混み合う前に、大手御門前は跡形もなく片付けられた。

降り注ぐ朝日の下で、作業は速やかに進められていく。

血の跡は洗い流され、転がっていた五体の亡骸も回収された。

凶刃の犠牲となった二人の供侍と二人の中間は、知らせを受けて梶野家の屋敷から駆け付けた小者《こもの》が、村垣範正が斬り捨てた賊の一人は門番がそれぞれ運び去った。

半蔵に竹刀で打ち倒され、失神しただけで済んだ生き残りの賊を連行したのは範正が呼び寄せた小十人組の仲間たち。

半蔵も参考人として口書《くちがき》（証言）を取られるかと思いきや、範正は同行を求めようとはしなかった。

馳《は》せ参じた小十人組の若い面々も半蔵には目も呉《く》れない。蘇生させた四人に黙々と縄を打ち、何処《どこ》かに引っ立てていくばかりだった。

「あやつらの調べは任せてくれ。後のことは俺が引き受けるから、兄上は深入りしないほうが良かろうぜ」

怪訝《けげん》そうに見送る半蔵に範正がそう告げたのは、一対五の斬り合いで疲労困憊《ひろうこんぱい》した兄の身を気遣ってのことだけではない。

この事件の調べに半蔵を関わらせると、自分の顔が立たなくなるからだ。

範正は小十人組の古株として将軍の身辺を警固する任を担う立場であり、江戸城の安全を守ることも職務に含まれている。

非番で朝早くから剣術の稽古に出向く途中だったとはいえ、事件の現場に遭遇したからには責任を持って取り調べを担当しなくてはならない。

江戸城の正門に当たる大手御門前で騒ぎを起こした以上、賊の一団が不届き者として罪に問われるのは必定《ひつじょう》だった。勘定奉行の命を狙ったとなれば尚のこと罪は重く、極刑は免れないだろう。

いずれにしても厳しく取り調べ、何者の意を汲んでの襲撃だったのかを余さず白状させなくてはなるまいが、大袈裟にするわけにはいかなかった。

襲われた梶野良材は現職の勘定奉行、それも老中首座の水野忠邦が目を懸《か》けている幕閣の要人である。

その良材が、事を表沙汰にせずに済ませることを望んでいるのだ。

自分をかばって速やかに門を閉めてくれた大手御門の門番たちが罪に問われぬためにそうしてやりたい、という理由はもっともなものであり、有能なばかりでなく人格者としても評価の高い良材ならではの人徳と言えよう。

範正ら小十人組としても警備の甘さが問題になるのは防ぎたいし、共に江戸城を護る五番方の各部署も考えは同じだった。

ただ一人、割りを食わされたのは半蔵である。

範正も本来ならば捜査に協力してもらうと同時に兄の顔を立ててやり、窮地を救われた良材にも口添えを頼んだ上で功労者として幕府のお歴々に売り込みたいところだが、当の勘定奉行が半蔵のことを顧みぬのではどうにもならない。

半蔵に確かめたところ、良材は窮地に割って入ったのが勘定所の配下の一人と気づいていながら一切構わず、大手御門内に逃げ込んだままだったという。犠牲になった供侍と中間の亡骸こそ後から回収させたものの、一番先に礼を言うべき命の恩人には労《ねぎら》いの伝言ひとつ無いままだった。

幾ら軽輩だからといって、扱いがひどすぎる。

これでは半蔵が勘定所勤めに嫌気が差すのも無理はなかった。

かねてより兄が日々の勤めに倦《う》み疲れているのを範正は知っていた。少年の頃から剣の腕こそ滅法強いものの学問は不得手であり、とりわけ算盤が苦手で数字に弱いことも承知の上である。

可能ならば、この機会にもっといい役目に就《つ》かせてやりたい。

しかし、肝心の上役に半蔵が無視されていては話になるまい。

そんな弟の苦しい胸中を半蔵は理解していた。

「されば、後は頼む」

複雑な面持《おもも》ちでいる範正に微笑み返し、拾ってもらった刀を帯びる。

五人の敵の打ち込みを受け続けて曲がった刀身は踏んで伸ばし、ひとまず鞘に納めてあった。疵だらけにされたのを直すためには後で研《と》ぎに出すとして、まずは持ち帰らなくてはなるまい。

「佐和さんにどう言い訳するんだ、兄上」

範正が不安げに問いかける。兄嫁の怖さはもとより承知の上だった。

「なに、見せなければいいだけのことさ」

対する半蔵はさらりと答える。

「されば、後を頼む」

一言告げ置き、範正に背中を向ける。

今日は勘定所に出仕せず、佐和の目を盗んで怠けるつもりらしい。

「兄上……」

逡巡《しゅんじゅん》を見せながらも、範正は踵《きびす》を返す。

勘定所で居るのかいないのか分からずに過ごしている半蔵に対し、こちらは小十人組の古株として重責を担う身である。後ろ髪をひかれる思いであっても情けを出すわけにはいかなかった。

血を分けた兄と弟であっても、二人は生まれたときから立場が違う。

祖父の定行の計らいで笠井家に婿入りした当時の半蔵は二十三歳、同年に分家された範正はまだ十九歳だった。

いずれも本家の後継ぎに選ばれなかったのは同じとはいえ、本来ならば年上の半蔵が一家を立ててもらってしかるべきだろう。

どうして半蔵ばかりが軽く扱われるのか。

兄弟の扱いの違いには、確たる理由があった。

今は亡き母の珠代《たまよ》は、村垣家の本妻ではなかったのだ。

珠代は定行の後に家督を継いだ範行《のりゆき》が手を付けた奥女中で、半蔵を生むと同時に命を落としてしまっていた。

もしも母が存命ならば正式に側室として認めてほしいと範行に主張し、村垣の家に入り込んだ上で嫉妬を燃やす正室と戦いながら、息子が成長するまで頑張り抜いたことだろう。母親の顔を知らぬ半蔵も、佐和でさえ顔負けの気の強い女人だったという話は親戚じゅうから山ほど聞かされていた。

気丈ながらも珠代は天涯孤独の身で、行儀見習いではなく年季奉公で村垣家に仕えていた。命を落としても弔《とむら》う者など誰もおらず、無縁仏として葬られるより他になかったという。

そんな彼女を範行は憐れみ、忘れ形見となった半蔵を正室の反対を押し切って築地の屋敷に引き取り、祖父の定行ともども可愛がって育ててくれた。

かくして健《すこ》やかに成長した半蔵だが、村垣家における地位は妾腹《しょうふく》の生まれでも一応は家督を継ぐ権利を持つ庶子より格下の、ほとんど隠し子に等しかった。

やがて物心がついた半蔵は己が厄介者であるのを自覚し、十代の大半を村垣の屋敷から出て過ごした。

定行の勧めで入門した天然理心流二代宗家の世話になり、江戸郊外の武州の地で剣術修行と野良仕事に明け暮れていたのだ。

針のむしろのような日々から脱した半蔵は農村での暮らしに馴染み、修行にも大いに励んだものである。苦戦を強いられながらも粘りに粘って四人の賊を打ち倒し、死地を脱することができたのも亡き師匠の近藤三助方昌《こんどうさんすけのぶあき》に鍛え上げられた気迫の為《な》せる業《わざ》だった。

対する相手の動きを金縛りで封じ、鉄鞭《かなむち》の一撃で庭石を砕いた伝説を持つ三助の域には遠く及ばないが、半蔵の振るう剣には天然理心流に独特の気合いを以て敵を抑え込む強さが備わっている。

初めての真剣勝負に動揺してしまい、凶刃をひたすら受け止め、受け流すことしかできなくなりながらも何とか修羅場を切り抜けられたのは、師匠との荒稽古を繰り返す中で培《つちか》われた基礎があればこそ。

半蔵の辛抱強い性分は、天然理心流の修行に向いていた。

同様に粘り強さを身上とし、相手の剣を受けて勝負を制する上州の馬庭念流《まにわねんりゅう》に入門しても恐らくは長続きしたことだろう。

不遇な生まれが強さの源となっている半蔵に対し、弟の範正は最初から立場が違う。次男坊とはいえ村垣家の嫡流であり、何ら世間を憚《はばか》る必要が無い。性格も快活そのもので人懐《ひとなつ》っこく、江戸っ子ならではの伝法《でんぽう》な言葉づかいも自然で嫌味を感じさせなかった。冷や飯食いのままにしておくのを惜しんだ祖父が目の黒いうちに公儀へ働きかけて分家の許可を取り付け、小十人組に登用されて身が立つように取り計らったのもうなずけることだった。

（まこと、あやつは恵まれておるのう……）

大手御門前を後にしながら半蔵がそんなことを思うのは、何も弟を妬《ねた》んでいるせいではない。

範正が出来る男なのは、子どもの頃から承知している。分家してもらったのを好機とし、自分とは違って持ち前の才を存分に生かすことができている。異母兄として喜ばしいと思う気持ちに偽りはなかった。

村垣家代々の職である御庭番は戦国乱世の忍びとは違って武芸の腕前など必要とされておらず、集めた情報を的確にまとめる頭脳が重んじられる。

村垣の本家を継いでいても、範正はそつなく務めをこなしたに違いない。

しかし、いつまでも御庭番のままでは兄弟の父である範行のように代々の役目にとどまるのみ。一族の出世頭の定行を超えることなど、夢のまた夢である。

それではいけないと思えばこそ、定行は範正に道を拓《ひら》いてやったのだ。

いずれ範正は小十人組で終わることなく、偉大な祖父に続いて幕府の要職にも抜擢されるだろう。

半蔵には縁のない話である。

どうして自分はよりによって、苦手な数字を扱うことを代々の役目とする家になど婿入りさせられてしまったのか。

自分が不遇な立場に置かれていることを、改めて痛感せずにはいられない。

一対五で斬り合うのも至難だったが、帳票に記された金額を確かめるのに算盤を手放せず、際限無く弾き続ける作業は辛い限り。自分が勘定しているのが銭金ではなく、単なる数字と思えてくることもしばしばだった。

なぜ自分は勘定所勤めをしているのか。

味気ない銭勘定が、何の役に立つというのか。

せめて佐和と仲良くやっていられれば、きつい勤めにも耐えられる。

しかし、妻はいつも厳しい。

一日の仕事を終えて疲れた体で屋敷に戻っても、夫を労うどころか勤務の怠慢ぶりを指摘し、今の働きで御上《おかみ》から禄米を頂戴するのは申し訳ないことだと説教を垂れるばかりで甘えさせてもくれない。

十年の辛抱を重ねた半蔵も、そろそろ限界に近づきつつあった。

改めて、五体に重く疲労がのしかかる。

朝日の眩《まぶ》しさが目に染みた。

（いっそのこと、あのまま斬り死んでいれば楽になったかもしれぬな……）

戦っている最中は生き残るのに懸命だったのに、死地を脱した今は空しさしか感じられない。

このまま耐え続けたところで何になるのか。

半蔵の気は滅入《めい》るばかりだった。

出仕する気が失せたのも、無理はあるまい。

どのみち、今日は出仕しても御用に身が入りそうになかった。

良材が命を救われた恩を顧《かえり》みず、取るに足りない配下の一人としか扱わぬ気であるというのなら、こちらも無断欠勤ぐらいはしてやらねば気が晴れるまい。

御役御免にしたければ、勝手にすればいいだろう――。

半蔵がここまでやる気をなくすのは珍しいことだった。

もとより、こちらは自分のやったことに対して過大な見返りなど求めはしない質《たち》である。相手が誰であれ恩を売って出世を望んだり、礼金を求めたりしたことは一度も無かった。

良材に対しても同様である。

礼の一言で十分だったのに、言伝《ことづて》すら無い。

これでは萎《な》えるのも当然だろう。

(とまれ、今日は何もするまいぞ)

半蔵は黙々と歩みを進める。

皺だらけになった裃と半袴を脱いで、熨斗目の着流し姿になっている。装束は範正が貸してくれた風呂敷に包み、左手にぶら提げていた。

髷は乱れ、全身は汗にまみれている。

まずは湯屋と髪結床に行くべきだったが、その前に腹の虫を落ち着かせてやらねばならない。

(腹が減っては戦はできぬ……か)

陽光の下で半蔵は苦笑する。

朝餉抜きで一戦を――それも初めての真剣勝負を制してきた半蔵にしてみれば笑う

しかない格言だった。

しきりに鳴る腹をさすりつつ、足を向けたのは大手御門前から道三堀に沿って下った先の呉服橋《ごふくばし》。

北町奉行所近くの町人地の一画に、その店はあった。

ありふれた煮売屋だが、混みっぷりが尋常ではない。

狭い店の中だけでは客が収まりきれず、縄のれんが掛かった入口の脇で丼物を立ち食いしている者までいる。

（いつもながら大した繁盛《はんじょう》ぶりだなぁ）

芳しい煙が漂い出る店先で、ふっと半蔵は微笑んだ。

屋敷でも職場でも浮かべることのない、安堵《あんど》に満ちた笑みだった。

二

一昨年の末に水野越前守忠邦が老中首座となって以来、江戸の人々は味気ない暮らしを強いられつつあった。

昨年、天保十一年（一八四〇）から山王権現祭と神田明神祭では町人の華美な装いが禁じられ、大川開きの花火も規制された。これまで自治が黙認されてきた香具師《やし》の縄張りにまで幕府は干渉し始め、露天の商いに規制を加えている。

この調子でいけば寺社の門前町や盛り場だけでなく、岡場所にも取り締まりが及ぶことだろう。

永らく幕府を牛耳ってきた大御所の徳川家斉が年明け早々に没して以来、水野忠邦は怖いもの知らずである。将軍の家慶から信頼されているのを幸いとばかりに大老の井伊掃部頭直亮《いいかもんのかみなおあき》を差し置いて幕政の実権を握り、改革を推し進めるのに余念がない。

忠邦は享保と寛政の昔に行われた倹約令を再び徹底させ、晩年まで贅沢三昧で庶民の風紀にも寛容だった家斉の死に乗じて取り締まりの手を広げている。人が生きていく上で欠かせない「食」にもかねてより干渉していた。

贅を尽くした献立で江戸一番の人気を誇った『八百膳』も今や店を閉めざるを得なくなり、商いは仕出しのみ。他の有名店も似たような有り様で、そのうちに屋台売りの蕎麦《そば》や天ぷら、鰻《うなぎ》、握り鮨《ずし》にまで規制が及ぶのではあるまいかと食い物を商う人々は気が気でなかった。

半蔵が行きつけの煮売屋には、今のところ規制の手は及んでいない。

昨年の三月に北町奉行となった遠山左衛門尉景元《とおやまさえもんのじょうかげもと》は世情に通じた好漢で、上意により江戸市中の風紀取り締まりに努める一方、奉行所最寄りの店々には適度に目こぼしをしてくれている。配下の役人たちが大っぴらに出入りするのはさすがに御法度《ごはっと》だったが、出前を頼むのはお構いなしなので宿直のときは助かると半蔵は知り合いの同心から聞き及んでいた。

そんな呉服橋界隈で人気の煮売屋は、屋号を『笹《ささ》のや』という。

広さは十坪ばかりだが奥に小揚がりの座敷が付いており、塵《ちり》一つ落ちていない土間には飯台と腰掛け代わりの空き樽が整然と並んでいる。

客は奥の板場に並んで丼を受け取り、自分で席まで運んでいた。座りきれない者は嫌がりもせずに立ち食いし、空《から》にした丼と代金の銭を置いて出ていく。

ふつうに飯と味噌汁を出していては、店も客も手間取るばかりであろう。

力仕事の人足や駕籠かき、船頭といった客たちが表で食事を済ませるときにはパッと食べてサッと席を立てる、かつ値の安い献立《こんだて》が望ましい。とはいえ倹約令に合わせて屋台で売られるようになった、米の飯の代わりにおからを詰めた稲荷寿司《いなりずし》ばかりでは腹に力が入らない。

そんな体が資本《もとで》の人々にとって『笹のや』の朝定食は好ましい。

手に手に箸《はし》を持ち、かっ込んでいるのは深川飯。

浅蜊《あさり》のむき身と輪切りの葱《ねぎ》を濃い目の味噌汁に仕立て、丼に盛った飯の上からぶっかけただけの一品は、元はと言えば漁師たちが船の上で手早く済ませるためのものである。大川向こうの深川一帯では庶民の暮らしに根付いて久しく、長屋住まいの家庭に欠かせぬ常食だった。

この『笹のや』では四季を問わず、同様の丼物を朝定食として客に供する。たとえば二枚貝が産卵で毒を持つ夏場には浅蜊の代わりに蝦蛄《しゃこ》を用いた、深川飯ならぬ品川飯が定番の献立になっている。他にも食べやすく薄切りにした大根と人参をごま油で軽く炒《い》った香ばしさが好評なけんちん汁や、深川飯と同じく船の上で漁師が好んで食する蕪《かぶ》の味噌汁などを日替わりで飯にぶっかけ、常連の客たちが飽きぬように配慮されていた。

こうした丼物が屋台売りの蕎麦と同じ十六文で食えるのだから、人気が集まるのも当然だろう。

板場で忙しく立ち働いているのは、若い女将《おかみ》と板前の二人きり。

女将は駒《こま》、板前は梅吉《うめきち》というらしい。

歳は尋ねたことがないが、共に二十代半ばと見受けられた。

お駒は炊《た》き立ての飯を手際よく丼に盛り付け、梅吉に差し出す。そして大鍋の味噌汁をぶっかけてもらったのを受け取り、客に供するのだ。

調理も盛り付けも簡単な献立なので下働きを雇う必要はないし、わざわざ席に運ばずとも客のほうから板場まで取りに来てくれるので手間いらずだった。

むくつけき客の男たちが面倒がらずにいるのは、お駒の人気があればこそ。

早朝から安くて美味《うま》い朝定食を供するときだけに限らず、日が暮れて酒を出す時分になっても客足が絶えることはない。

そして半蔵も彼女に惹かれて止まずにいる、常連客の一人であった。

「はい、お待ちどおさま」

熱々の丼を差し出す笑顔は、今朝もまぶしい。

丸顔で鼻が低くて黒目がち。取り立てて美人というわけではないが、いつでもにこにこしていて雰囲気に華がある。親しみやすい造作をしていながら体付きはすらりとした柳腰で、所帯じみた雰囲気とは無縁だった。

「うむ」

深川飯を受け取る半蔵の口は、常にも増して重かった。

士分の客だからといって偉そうにしないのはいつもの如くだが、今朝はふだんと違って心身共に疲れ切っている。

朝餉を食わせてもらえずに屋敷を出ただけでなく、五人の敵と延々渡り合った後となれば無理もなかった。

されど、目は口ほどに物を言う。

お駒を見返す半蔵の目は輝いていた。

（ふふっ、愛《う》いものだなぁ）

厳しくも美しい佐和が百合とすれば、彼女は蓮華草のようなもの。野に咲く様が自然であるし、地に根を張っていればこそ逞《たくま》しく、いつも張り切っているのが健気《けなげ》で可愛らしい。

半蔵が青春の時を過ごした武州の村で共に野良仕事に励み、時として恋を語り合いもした娘たちを思い出させてくれる可憐さが懐かしかった。

むろん、お駒は田舎娘じみているわけではない。顔立ちは素朴でもたたずまいは洗練されており、その華やかさに惹かれて足を運ぶ常連の中には半蔵に限らず士分の客も少なくなかった。さすがに朝から顔は出さないが、夜は大店《おおだな》の隠居と思《おぼ》しき者を見かけることもしばしばである。

そんな客たちがお駒の手ひとつ握らずに大人《おとな》しくしているのは、いつも梅吉が目を光らせていればこそ。

（相変わらずだな、こやつだけは……）

板場の奥から向けてくる視線を、半蔵は身じろぐことなく受け止める。

他の男ならば目をそらさずにはいられない、鋭い視線だった。

梅吉の身の丈は五尺二寸ばかり。六尺近い半蔵と比べれば頭ひとつ小さい。

体格もとりわけ逞しいわけではなく、どちらかと言えば華奢《きゃしゃ》で色白だった。

それでいて、ちらりと見せる眼光の鋭さは尋常ではない。

ふだんは半蔵にも増して無口で淡々と料理を作っているだけだが、お駒に色目を使ってくる者がいれば一睨みで黙らせるのだ。

この若者、只者ではない。

半蔵が解《げ》せないのは、こちらが何も不埒《ふらち》な真似をしていないのに店に来るたびに必ず睨まれることだった。

他の客に対する態度とは、明らかに違う。

一体、自分の何が気に入らぬのか。

まったく訳が分からなかったが、梅吉が喧嘩まで売って来ない以上はこちらも我慢するべきだろう。

つまらぬ揉め事を起こせば店に出入りがし辛《づら》くなり、お駒の笑顔も見られなくなってしまう。

それにしても、腹立たしい態度である。

(もしや、こやつは女将と割りない仲なのか?)

そうだとすれば、敵意を向けてくるのもうなずける。

解せぬのは自分ばかりを目の敵にすることだが、問い詰めるのも憚《はばか》られる。

梅吉は気に食わぬ奴だが、料理の腕前は文句の付けようがない。

朝は安価な具材で結構な丼を拵《こしら》え、夜になれば酒の肴《さかな》を拵えるのに持ち前の腕を振るう。本人は無口だが供する品々は雄弁そのもので、半蔵が好物の焼き茄子《なす》も味わいが違う。屋敷で佐和が時たま焼いてくれる、しなびた代物《しろもの》とはまったくの別物だった。

(焼けた皮を一口嚙めばあの甘み……たまらぬな)

そう思えば、下手に揉めるのは気が引けた。

梅吉はまだ半蔵を睨んだままでいる。

お駒はまったく気づいていない。

「はいどうぞ。お待たせしました」

「お待ち遠さまです」

並んだ客に一人ずつ微笑みを返しながら、深川飯の丼を手渡している。

みんなが行儀よくしているのに、大人げない態度を取るわけにもいかない。

腹立たしさを抑えて目をそらし、半蔵は板場に背を向けた。

風呂敷包みを左手に提げ、右手だけで丼を持っている。

折良く空いた席に腰を下ろし、箸立てに手を伸ばす。

この『笹のや』では文化文政の頃から流行《はや》り出した割り箸を用いず、昔ながらの竹箸を置いているが、他の店と違って乾いた飯粒や野菜の切れ端がくっついていたことは一度もない。

黙然《もくねん》と半蔵は合掌し、丼に箸を伸ばす。外食をするときでも必ず食事の前に手を合わせるのは村垣の屋敷ではなく、武州での修行時代に教え込まれた行儀作法の為せる業《わざ》だった。

今朝の深川飯は、格別に美味そうである。

半蔵は湯気の立つ丼に謹んで箸を入れた。

浅蜊のむき身には一粒の砂も残っておらず、輪切りにした葱がくっついていることも無い。

味付けそのものも申し分なく、麦が混じった飯でも炊き加減は硬すぎず柔らかすぎず、濃い目の味噌汁との絡《から》み具合もいい。

半蔵は形よく背筋を伸ばし、さらさらと箸を動かす。

髷が乱れ、汗が臭っていても、周りの客は誰も文句は言わなかった。

夜明け早々から長屋を回って豆腐や納豆を売りさばき、ひと稼ぎしてきた棒手振《ぼてふ》りはもとより汗まみれであるし、これから仕事に出かける駕籠かきや人足たちも細かいことは気にしない。

むくつけき男ばかりが集う店の雰囲気も、半蔵には好もしいものであった。

ひたすら木刀を振るい、畑を耕《たがや》して汗ばかり流していた十代の頃の農村暮らしを思い出させるからである。

同門の者は農民の若者ばかりであり、自分より腕の立つ者も多かった。兄弟子でありながら年下という者もいたが、いちいち反発をしたり劣等感を覚えることもなかった。

修行の場では入門の順番、次いで実力の違いが物を言うのであり、武士だからといって優遇されはしない。そんな天然理心流の精神を少年の頃から教えられてきたからこそ、半蔵が身分の違いで相手を軽んじずにいるのだ。

こちらが肩肘《かたひじ》を張らずにいれば相手も構えはせず、半蔵が裃姿であろうと汗にまみれて着流し一枚きりの姿で現れても、誰も余計なことを言ってこない。

安くて美味い飯を食い、お駒の笑顔に癒《いや》されて仕事に出向くことさえできれば客は満足なのである。和を乱さずにいてくれれば武士が入ってきても敵視などしないのだ。かかる不文律に従うことが半蔵は苦痛ではなく、むしろ心地よくさえ思えていた。

時には露骨にお駒を口説《くど》こうとする愚か者もいないではなかったが、そんな輩《やから》が来たときは梅吉が出るまでもなく、屈強な客の男たちが追い返す。そんなときは相手が士分であってもお構いなしだった。

水野忠邦が倹約を唱えると同時に武芸を躍起になって奨励し、直参《じきさん》と陪臣《ばいしん》の別を問わず修行に励むようにさせてはいるが、現実には武士より腕っ節の強い町人が江戸には多い。

実際に市中では怒った武士が無礼討ちをしようとして刀を取り上げられ、相手に袋叩きにされてしまう事件も一度ならず起きていた。

刀を抜いて町人に後れを取ったとなれば恥の極みである以上、武士はどこにも訴え出ることができない。そんな心理を読んでわざと喧嘩を売り、叩きのめして喜んでいる無頼の徒もいるぐらいだった。

もっとも『笹のや』では斯様《かよう》な騒ぎは起きず、愚か者が迷い込んで来ても怪我《けが》をさせぬ程度に締め上げて退散させるだけなので、市中の各所に身を潜《ひそ》めて目を光らせている公儀の密偵から目を付けられずに済んでいる。最寄《もよ》りの北町奉行所でも取り立てて問題視はしておらず、女将のお駒が呼びつけられる事態に至ったことは無い。

客たちは皆、この店を日々の酒食に利用することで安らぎを得ている。なればこそ無茶をせず、お駒を独占しようと抜け駆けすることもしないのだ。

煮売屋であれ屋台であれ、客あしらいの行き届いた処《ところ》で満ち足りた食事をする喜びを知れば、馬鹿高い料理屋や女を置いている店に足を運ぶのが馬鹿馬鹿しくなってくるという。

半蔵の場合もそうだった。一年前に『笹のや』が店開きして以来、気晴らしで酒色に金を遣《つか》うことも絶えて久しい。

やせ我慢をしているわけではなく、心から満足感を覚えていた。

朝餉抜きの空腹を抱えて出仕する途中にも、勘定所で辛い残業を終えた帰り道にも『笹のや』に足を運べば気が晴れる。

ただひとつ、気がかりなのは梅吉の態度であった。

深川飯を口に運びながら、半蔵はちらりと板場に視線を向ける。

梅吉は忙しく立ち働いており、こちらには目も呉れない。

それでいて、半蔵が気を向ければ即座に反応する。

優れた剣客は刀を抜くまでもなく、遠間から気合いを浴びせただけで相手を身動きできなくさせてしまう。半蔵の亡き師である近藤三助方昌は、達人中の達人と言うべき気合い術の名手だった。

その三助から教えを授かった半蔵に気を向けられても、梅吉は臆するどころか撥《は》ね返してくる。

よほど腹が据わっているのか、それとも怖いもの知らずなだけなのか。

素性さえ定かでない若者だが、ただの板前と違うのは明らかだった。

（こやつ……）

半蔵の眉がぴくりと動く。

滅多に感情を面《おもて》に表すことのない男が、平常心を乱されていた。

それでも手を出すには至らない。

気に食わぬ奴ではあるが、梅吉の料理は絶品だからだ。

どの分野であれ、優れた技の持ち主が必ずしも人格者とは限らない。この梅吉も腕前と人柄が一致せずにいる、ひねくれ者の類《たぐい》なのだろう。

相手の態度がどうであれ怒りに任せて喧嘩騒ぎを引き起こし、他の客の不興を買うのもうまくない。何よりも、お駒に嫌われたくなかった。

半蔵は黙然と箸を動かし続ける。

深川飯の味が急に一段落ちたようにも感じていたが、空腹極まる今はひと粒の飯も残したくはない。

飯台に置かれた大ぶりの土瓶《どびん》を取り、空にした丼に白湯《さゆ》を注ぐ。

他の店と違って茶を置かないのはお駒が吝《しわ》いわけではなく、供する料理の値を抑えるための節約である。そう承知しているので誰も文句を言わぬし、手ずから注ぐ手間も厭わなかった。

半蔵も渋い顔ひとつせず、ぐっと白湯を飲み干した。

板場の前まで丼と箸を運び、お駒に手渡す。

「いつもありがとうございます」

「うむ」

うなずく半蔵に、お駒はにっこり微笑んだ。

どちらが美人かと言えば明らかに佐和のはずなのに、なぜか心が癒される。

「いってらっしゃいませ、笠井様！」

送り出してくれる声はいつもと変わらず可愛らしい。

「かたじけない」

にこにこしているお駒と視線を合わせ、ふっと半蔵は微笑《びしょう》を返す。

板場の奥からこちらを睨む梅吉のことも、もはや意に介してはいなかった。

三

それから半刻後、半蔵は湯屋の二階でうたた寝をしていた。

本来ならば勘定所に出仕して机の前に座り、算盤を弾いたり書類をまとめたりしなくてはならない時分である。

人が働いている時間に休むのは心地いいものだが、それも時と場合によりけりというものである。

今の半蔵は心からくつろげてはいなかった。

早朝の混雑も落ち着き、湯殿は程よく空いていた。

湯船に浸《つ》かって全身の筋をほぐし、髷を解《ほど》いて鬢付《びんつ》け油を洗い流してさっぱりとしたはずなのに、半蔵の表情は硬い。

浅黒い顔に差しているのは、言うに言われぬ不満の色。

梅吉の無礼な態度を思い出していたわけではない。

湯屋で借りた浴衣《ゆかた》に着替え、畳敷きの床に寝そべって思うのは我が身の不遇。入り婿暮らしの辛さについては、今さら何も言うまい。

勘定所勤めに嫌気が差すのは今に始まったことではなかったが、今日ばかりはいつもと事情が違う。

半蔵は奉行の梶野良材が襲われたところに遭遇し、窮地を救った。本来ならば功労者として表彰を受けてもおかしくはないだろう。

ところが、良材は半蔵を見殺しにした。

今をときめく水野忠邦の側近の権威を保つために襲撃を受けた事実を隠蔽するべく、勘定所の配下の一人である半蔵を置き去りにして顧みなかったのだ。

意を決して助けに入った以上、こちらも覚悟はできていた。

とはいえ、報われぬのではたまらない。

大手御門内に避難した良材が、後からでも加勢を差し向けてくれてさえいれば何の不満も無かっただろう。

敵は手強く、たまたま弟の範正が現場に来合わせなかったら半蔵は返り討ちにされていたに違いあるまいが、それでも良かった。

もとより勘定所は決して望ましい職場ではなかったし、奉行の良材に取り入りたいとも思わない。

半蔵は上役を救うため、一人の武士として刀を抜いただけなのである。

合戦以外の場で武士が刀を抜く義務を担わされているのは主君から命じられての上意討ち、主君から死を賜《たまわ》った親しい者を楽に死なせてやる介錯《かいしゃく》役、そして家の当主が不名誉な最期《さいご》を遂げたときに汚名を雪《そそ》ぐ仇討《あだう》ちに限られる。主君を護衛して襲撃者を斬ることも、一種の上意討ちだった。

直参旗本である半蔵の主君は征夷大将軍だけだが、良材も護るべき対象の一人には違いない。賊の一団に襲われた現場に遭遇していながら、あのまま見捨てるわけにはいかなかった。

そう納得して刀を抜いたはずなのに、空しさを覚えるのはなぜなのか。

窓越しの陽射《ひざ》しが暖かい。

閏《うるう》一月を経た天保十二年の二月初旬は、陽暦の三月下旬。

すでに梅と桃は咲き、桜の満開も間近であった。

厳しい倹約令の下で何事も派手には出来かねる御時世だが、早くも向島や大川堤といった桜の名所は花見に訪れた人々で賑《にぎ》わいを見せている。

湯屋の二階がいつになく空いているのも、花見日和《びより》だからこそ。

ふだんは暇《ひま》を持て余した町内の男連中が湯上がりに将棋を指したり、無駄話に日がな一日花を咲かせるのに今日は誰も来ておらず、茶菓《さか》の売り子を兼ねて階上に詰めている湯屋の若い衆が退屈そうに欠伸《あくび》をしているばかりだった。

半蔵は黙然と目を閉じたまま、寝がえりを打つ。

そこに階段の軋《きし》む音が聞こえてきた。

昇ってきたのは二十歳《はたち》そこそこの若い男。

伸びやかな長身に借り物ではなく、自前の浴衣を羽織っていた。

刀を帯びていなくても、髷を見れば士分と察しが付く。

しかし、その若い男の髷は、独特な形をしていた。

月代《さかやき》を剃り上げて額を広く見せ、髷は短めに結っている。

後の世の力士と同じ小銀杏《こいちょう》髷と呼ばれる髪形は、江戸では町奉行所勤めの同心《どうしん》に特有のものだった。

「お久しぶりです、半さん」

半蔵の傍《かたわ》らに腰を下ろし、にっと同心は微笑んだ。

彫《ほ》りが深い造作の中で、切れ長の双眸《そうぼう》が目立っている。

青々とした髭の剃り跡も男臭い顔立ちだが、産毛《うぶげ》の生えた頰が初々《ういうい》しい。

「……高田《たかだ》か」

半蔵はゆっくりと上体を起こす。不機嫌な表情は相変わらずながらも、見返す目は懐かしげな光を帯びていた。

この同心の名は高田俊平《しゅんぺい》、二十二歳。

北町奉行所で定 廻《じょうまわり》同心を務める俊平は、半蔵とは同門の兄弟弟子の間柄。

師匠こそ違うが同じ天然理心流の剣を学び、年が一周り近く離れていても気の合う仲だった。

「朝湯にしては長居をしすぎであろう。何としたのだ？」

「今日は非番ですよ。そう言う半さんはご出仕なされぬのですか」

「お、俺も非番だ」

「されば、そういうことにしておきましょう」

深くは問おうとせず、俊平は微笑して見せる。

釣られて半蔵も笑みを浮かべていた。

好青年そのものの雰囲気を漂わせる俊平が、ほんの数年前まで暴れ馬のような若者だったのも今や懐かしい。

元はと言えば本郷で老舗《しにせ》の薬種問屋の跡取り息子だが、幼い頃から乱暴者で大の剣術好きなのを持て余した父親が金に困った同心一家から株を買い、持ち前の腕を振るえるようにしてやったのが二年前のこと。最初は見習いの番方若同心として雑用ばかり任されていたが生来の気質は収まらず、二十人余りの博徒と深川十万坪の埋め立て地で決闘して、たった一人で蹴散《けち》らしたこともあるのを半蔵は承知していた。

そんな命知らずの暴れん坊も捕物《とりもの》で金星を挙げて定廻に抜擢され、若いながらも敏腕同心として世間に知られつつある。半蔵より十一歳も下なのに大した出世ぶりであり、いつの間にか大人の落ち着きも備わっていた。

そんな俊平と仲が良いままでいられるのは、同門の絆《きずな》があればこそ。

交わす話題は道場のことに移っていた。

「近藤先生はご息災《そくさい》か、高田」

「おかげさまで壮健そのものですよ。まぁ、夜遊びは相変わらずですがね」

「左様か……奥様も気苦労が絶えぬであろうな」

「仕方ありますまい。先生も気が塞《ふさ》ぐことが多うございます故」

「もしや、また嫌がらせをされておるのか」

「一時は止んでおったそうですが、また始まったそうで……下手に私が乗り出すわけにも参らず、困ったことにございます」

語る俊平の口調はいつしか沈んだものになっていた。

天然理心流には敵が多い。

俊平の師匠で三代宗家の近藤周助邦武《しゅうすけくにたけ》が牛込《うしごめ》に構える試衛館《しえいかん》は何かにつけて他流派の連中から因縁《いんねん》を付けられがちで、防具と竹刀を引っ提げて道場破りに乗り込んでくる者も少なくない。

半蔵も何度か助《すけ》っ人《と》に駆り出されて相手をしたことがあるが、打ち負かされても反省するどころか口汚く捨て台詞《ぜりふ》を吐いていく者ばかりなのに驚かされ、なぜ江戸ではこれほど天然理心流が敵視されるのかと常々不思議に思わずにはいられなかった。

考えられる理由の一つは、寛政の昔に流派を興《おこ》した開祖の近藤内蔵之助長裕《くらのすけながひろ》が士分としては格下の郷士であり、以降の宗家を養子として受け継いだのがいずれも武士には非《あら》ざることだった。

たとえ開祖が軽輩でも、直参の旗本なり大名家に仕える藩士なり、そこそこの格がある武家の子弟が後を受けていれば話は違ったことだろう。しかし二代宗家を継いだ近藤三助方昌は武州戸吹《とぶき》村、続く三代宗家の近藤周助邦武は同じく武州小山《こやま》村の名主の子、つまりは農民の出だった。

直接の師匠である亡き三助はもとより、俊平が師事する周助も女遊びが過ぎるのは玉に瑕《きず》ながら現宗家にふさわしい、ひとかどの剣客であることは半蔵も承知している。にも拘《かか》わらず、他流派からの風当たりは厳しい。歴代の宗家の出自が郷士にも増して低い上に、江戸市中だけでは門弟が集まらずに郊外の武州まで出張指南に赴《おもむ》くのを専《もっぱ》らとして、各村の富農から援助を受けて生計を立てているのも我慢がならないらしかった。

江戸では幕政改革の一環として武芸の修行が奨励される一方で士分以外の者は表立って武芸の稽古に取り組むのを許されず、弟子に取ることを禁じるお触れも幕府からたびたび発せられている。

ならば取り締まりを受けずに済む御府外の村々を指導者が自ら巡り、富農たちが用意してくれた現地の稽古場に人を集めて指南すればいいという天然理心流の歴代宗家の発想は江戸から最も近い天領に生まれ育ち、幕府の危機には自ら立ち上がる意気込みを持つ武州の農民たちにとっても望ましいものだった。

そんな流派の在り方に、他の道場主はけちをつけずにはいられぬらしい。

理由は分からなくもない。

不景気きわまる昨今は、大道場以外はおおむね経営が苦しいからだ。

大身旗本を弟子入りさせたり、大名屋敷に出入りを許されて江戸詰の藩士たちに稽古を付けるようになればいいのだが、学ぶ側が人気の流派に集中するのは当然のこと。とりわけ北辰一刀流《ほくしんいっとうりゅう》の人気は、防具を着けて竹刀で打ち合う撃剣を指導する諸流派の中でも抜きん出ている。

開祖の千葉周作《ちばしゅうさく》が神田のお玉が池に構えた玄武館《げんぶかん》だけでは足りずに弟の定吉《さだきち》が京橋の桶町《おけまち》に新しく道場を開いており、いずれも江戸在住の者だけに限らず諸国から剣術修行に留学してくる若い藩士たちで連日沸き返っていると専らの評判であった。

天然理心流を敵視して止まずにいる連中も、どうせならば天保の初めに筑後国《ちくごのくに》の柳《やな》川藩《がわはん》から江戸に乗り込み、五尺三寸の長《なが》竹刀で有名な道場を制して廻った巨漢剣士の大石進種次《おおいしすすむたねつぐ》を見習えばいいのに、なぜか試衛館にばかり挑んでくる。

「まこと、今日びの武士《もののふ》は質が落ちたものだの」

「え……半さんは俺と違って、生まれながらの侍《さむらい》じゃありませんか?」

半蔵のぼやきを聞き咎《とが》め、俊平は唇をとがらせる。口調も昔馴染みらしく打ち解けたものになっていた。

対する半蔵の態度も、独りで悩んでいたときと違って和《やわ》らいでいる。

「生まれなどはどうでも良かろう。要は、事に際して命を賭《と》する覚悟があるのかどうかということだ」

「そういうものですかねえ」

「おぬしは本物の武士だよ。むろん、我らの先生方もな」

「はい」

半蔵にそう言われるや、俊平は嬉《うれ》しげにうなずいた。

この俊平、半蔵と違って独り身である。

養子に入ったわけではなく、北町奉行所の同心職を務めていた高田家の御家人株《ごけにんかぶ》を買ってもらった身なので遠慮をする必要がない。見習いとして出仕していた当時には先輩同心から町人あがりと軽んじられる折もあったが、無礼者は年上であろうと遠慮をしない俊平に腕力の違いを見せつけられ、捕物の現場でも手柄を立てられては下手にいじめもできず、今や誰からも因縁など付けられなくなって久しかった。

（まこと、うらやましきことだ）

潑剌と役目に励む俊平の姿は、未だにくすぶってばかりいる半蔵にはまぶしい限りである。

願わくば、自分も力を生かせる職場を得たい。

しかし、今朝の我ながら不甲斐なかった戦いぶりを思い起こせば自信も失せるというものだった。

たとえ五対一の状況でも、割って入った当初は半蔵にも勝算があった。

揃って人を斬り慣れていたとはいえ、五人の賊の剣技は戦国乱世の合戦場でも用いられていた古流剣術とは違う。ふだんの稽古は専ら竹刀で行い、本身の扱いは巻き藁《まきわら》が相手の試し切りで鍛えたものと見なされた。

対する半蔵の天然理心流は日の本最古の剣術流派のひとつである鹿島神道流《かしましんとうりゅう》の流れを汲んでおり、本来の有り方は剣術に限らず柔術《やわら》と棍術《こんじゅつ》（棒術）も含まれる総合武術であった。

乱世の合戦場では槍《やり》こそが主たる武器であり、槍穂を切り飛ばされれば残った長柄《ながえ》で敵を叩き伏せ、その柄も失えば刀を抜いて戦う。そして刀も役に立たなくなったときは素手で組み討ち、最後に残された得物の鎧通《よろいどお》しで仕留める。味方が優勢な状況の下で敵を追撃し、手柄の証拠として首を取る白兵戦においても柔術は武者に欠かせぬ心得であったという。

かかる思想の下に剣、柔、棍の三術を師匠の近藤三助方昌から学んできた身でありながら、苦戦を強いられたのは何としたことか。

亡き師の教えをほとんど生かせずに凶刃をひたすら受け止め、受け流すばかりだった自分が情けない。

そんな半蔵を援護して賊の一人を速攻で倒し、残る四人もまとめて相手取ろうとした範正の手際は鮮やかそのものだった。

性格が豪胆なのは幼い頃から承知の上だが、あれほど真剣勝負の場数を踏んでいるとは思ってもみなかった。

実の兄も知らぬところで、いつの間にか人を斬り慣れていたのだ。

将軍の警固を使命とする小十人組の職務がそれだけ厳しく、強くなければ役目を全うできないということなのだろうが、兄としては情けない限りである。

最後に四人をまとめて打ち倒すことができたのも、範正がたまたま持っていた竹刀があればこそ。

太平の世に生まれても戦国の荒武者にも負けぬ技を身に付けたいと願い、一途に修行を積んできたはずなのに、いざというときに物を言ったのが本身ではなく竹刀だったとは如何《いか》なることか。

実は刀を満足に扱えていなかったからこそ、あれほど苦戦してしまったのではあるまいか――。

「どうしなすったんです、半さん?」

半蔵の表情が再び暗くなったのを目にするや、俊平がすかさず問うてきた。

「俺が階上《うえ》に来たときも何か考え込んでいなすったでしょう。何か嫌なことでもあったんじゃないですか」

「分かるのか、高田」

「当たり前じゃないですか。俺と半さんの仲ですぜ」

「左様か……」

ふっと半蔵は笑みを漏らした。

いつまでも独りで悩むよりも気心が知れており、年が離れていても恥じる必要のない仲の俊平に打ち明けてしまったほうがいい。

そう思い至ったことで、気分が楽になっていた。

四

屋敷の屋根瓦に燦々《さんさん》と陽が降り注ぐ。

笠井家では佐和が独り、奥の座敷で黙然と茶を喫していた。

女中の一人は使いに出ており、今一人には半蔵の私室の掃除をさせているので物思いに耽《ふけ》るのを邪魔する者はいない。

昼下がりの縁側に射す西日は明るい。

されど、佐和の胸の内は朝から曇《くも》ったままだった。

「まこと、目の離せぬお人だこと……」

愚痴《ぐち》る美貌は憂《うれ》いを帯びて止まずにいる。

いつも厳しく当たっているが、実は夫のことが心配でならないのだ。

半蔵が勤めを休んだことは、朝のうちに勘定所から知らせが届いていた。

使いの小者を寄越したのは半蔵の直属の上司である勘定組頭ではなく、奉行の梶野良材その人であった。

自ら玄関に立って応対した佐和は日頃の高慢ぶりも何処へやら、小者を相手に慌てて頭を下げたものだったが、続く奉行の伝言は寛大極まるものだった。

届けをせずに欠勤せしは不心得なことなれど、病《やまい》であれば致し方なし。一両日は出仕には及ばぬ故、ゆるりと静養するように——そんな言葉を梶野良材は口頭で済ませることなく書面にわざわざ認《したた》め、小者に届けさせたのである。

まだ戻らずにいる半蔵の身も当然ながら案じられたが、なぜ良材が自ら使者を立ててきたのかが分からない。

勘定所の頂点に立つ奉行が一介の平勘定に直筆《じきひつ》の書状を寄越すなど、隠居した父が現役だった頃にも無かったことである。

一体いつの間に、夫は奉行と面識を持ったのか。

知らぬ間に力量を発揮し、認められたのではないか。

その通りだとすれば、喜ばしい限りであった。

両親が亡き村垣定行から持ちかけられた縁談を受けたのは、勝気に過ぎる佐和の性格が災いして適当な相手がいなかったからとは違う。

娘の美貌だけに惹かれて話を持ち込んでくる凡百の旗本の子弟には無い、半蔵の愚直さを見込めばこそであった。

あの男ならば、きっと笠井家代々の役目を全うしてくれる。

愚直さこそが勘定の職に就く者に求められる第一の気質であり、小器用さなどは邪魔になるばかり。

そなたには、あの男の値打ちが分からぬのか。

まさかと一笑した若き日の佐和を叱り付け、父の総右衛門《そうえもん》は真面目な顔でそう言ったものである。

半蔵は十年前から不器用極まる男だったが、婿入りを望んできた他の男たちと違って、たしかに銭勘定を軽んじてはいなかった。

屋敷に招いた総右衛門が家代々の役目をわざと自嘲して、油断した縁談相手が思わず本音を口に出してしまうように仕向けても、半蔵だけは一言も勘定所勤めをけなさなかったのだ。

大半の武士は、二刀をたばさむ身で銭勘定に励むなど下品なことと見なしがちなものである。将軍家直属の家臣であるのを自負する旗本たちには、かかる傾向がとりわけ強かった。

同じ武士でも、大名を主君とする諸藩の士は違う。

凶作で領内の米の出来高が落ちたために禄米を減らされるのは珍しいことではなかったし、江戸での勤番が明けて国許《くにもと》に戻れば領民たちの惨状を目《ま》の当たりにせざるを得ないので文句を言うわけにもいかず、禄を進んで返上するのが代々の習いであった。

しかし、旗本に斯様《かよう》な姿勢は無い。

諸大名と違って将軍は甘く、最低限の家禄だけは保障してくれている。そんな驕《おご》りがある旗本たちは銭勘定を軽んじて止まず、その一方で先々のことを考えることなく軽い気持ちで禄米を担保にし、札差《ふださし》から借りた金に多額の利子が付いたのを返済できずに首が絞まるのもしばしばだった。

武士は米を給与として受け取り、金に換えて生活をしている。

その米を長きに亘って労せず受け取ってきた直参旗本は、経済観念が余りにも薄すぎるのだ。

その点、旗本の子であっても半蔵は違っていた。

十代の大半を江戸郊外の武州で過ごし、天領の民として将軍家に納める年貢米《ねんぐまい》を作ることに誇りを抱く農村に根付いた天然理心流の剣を学んできた彼は、米を大事にするのは言うに及ばず、人の貴賤《きせん》を問わない資質が備わっている。

御算用者と呼ばれる勘定所勤めの武士を算盤侍と軽んじようとは最初から考えてもいない性分が、何より気に入った。

そう確信すればこそ、総右衛門は縁談を進めたのである。

勘定所勤めに向いているとは未だに思えぬ佐和だが、半蔵の人となりまでが気に入らなかったわけではない。

半蔵は、若い頃から同じ世代の男とは別物だった。

良く言えば古武士のようであり、悪く言えば野暮《やぼ》ったい。

並の男よりも頭ひとつ大きい六尺近くの長身で、浅黒くて鍛え抜かれた肉体は具足《ぐそく》を着けて合戦場に立てば、さぞ見栄《みば》えがすることだろう。

だが悲しい哉《かな》、太平の世では逞しいばかりの男は好まれない。

力士ならば巨漢であるほど観衆の目を惹く人気者にもなれるが、地味な勘定所勤めでは浮いた存在になってしまう。

主君の馬前を固める馬廻組《うままわりぐみ》であれば長身で筋骨逞しい者が歓迎されるし、諸藩の大名もそういった偉丈夫ばかりを選んで任じているが、笠井家は代々の平勘定であり、周囲を威圧する威風など無用であった。

なまじ大柄で筋骨隆隆なのが災いし、半蔵が職場で煙たがられがちというのは佐和もかねてより聞き及んでいる。

祝言を挙げて以来、年を重ねるごとに半蔵は背中が丸くなりつつある。

むろん、老《ふ》け込むにはまだ早い。

半蔵は職場では萎縮してばかりいて、できるだけ体を小さくして目立たぬようにするのが常であるらしい。

苦手な算盤を始めとする算用の才覚が常に求められる勘定所では、そうやって過ごさざるを得ないのも理解できる。

他ならぬ佐和も自分が話を進めたのとは違うとはいえ、半蔵に不向きな役目を背負わせてしまったことを常々申し訳なく思っていた。

だからと言って、屋敷でも背中を丸めているとは如何なることか。

職場で縮こまっているのは止むを得まいが、家庭では堂々としていてほしい。

重ね重ね身勝手な願いなのかもしれないが、頼り甲斐《がい》のある姿を自分の前では見せてほしい。

そんな妻の想いに反し、夫の背中は年々丸くなるばかり。

佐和も表で半蔵がどうしているのかは与《あずか》り知らぬが、少なくとも勘定所と屋敷で十年来、同じ姿勢を取ってきたのは間違いない。

腹立たしいのと同時に、悲しい限りでもあった。

半蔵は妻である自分にも本音を見せずにいる。

なぜ、思うところを明かしてくれぬのか。不満を抱いているはずなのに言わずにいるのか。

夫の考えていることが分からない。

なればこそ佐和は必要以上に辛く当たり、癇癪《かんしゃく》を起こしてばかりいる。

すべては悪循環だった。

半蔵は年を追うほど無口となり、話そうとしなくなりつつある。

叱り付けられたときだけは慌てて言い訳をし、何とか怒りを鎮《しず》めようと懸命になるのだが、それも一時《いっとき》だけのこと。

今朝の一幕も例外ではない。

佐和が期待したのは祝言を挙げて十年の節目を迎えた今年を機に、何をしたいのかを明かしてくれることであった。たとえ勘定所勤めを辞めたいと言い出していても怒ることなく、落ち着いて耳を傾けるつもりだった。

しかし、半蔵の反応は違っていた。

自分がいつもの癇癪を起こしているだけと判じて『八百膳』から仕出しの料理を取り寄せることを勧め、朝餉を抜かれても文句ひとつ言わずにあたふたと屋敷を後にしたのだ。

どうして夫はこんなに覇気《はき》が無いのか。

職場も家庭も気に入らないのであれば何もかも放り出すと宣言し、癇癪持ちの妻を張り倒すぐらいの真似をすればいい。

それなのに、半蔵はまったく逆らわずにいる。ひたすら無抵抗に徹し、淡々と日々を重ねるばかりなのだ。

なぜ反抗しないのか。本当は自分など敵《かな》わぬぐらい強いのではないのか。

田舎流派呼ばわりされている天然理心流とはいえ、剣の達人と違うのか。

明るい陽の射す座敷にいながら、佐和の心は打ち沈んでいた。

勘定所勤めに不向きな男を婿に取り、持ち前の個性が生かせぬ環境の下で飼い殺しにし続けていることを後ろめたく思えばこそ、悩まずにいられないのだ。

「お前さま……」

つぶやく口調は弱々しい。

その美貌にも、今はやつれが目立っていた。

五

とっぷりと日が暮れた頃、半蔵は湯屋を後にして家路に就いた。

あれから髪結床にも行って髷を結い直し、屋敷を出たときよりも調髪が行き届いている。元結はきつすぎず緩すぎず、目が吊り上がるほど強く縛られてはいなかった。

皺だらけになっていた裃は湯屋の若い衆に頼み、火熨斗をしてもらった上で身に着け直した。

髪形と装いを元通りに直すのは難しくなかったが、ささらの如くに成り果てた刀ばかりは簡単にはいかない。研ぎを頼んでも日数がかかるし、さりとて丸腰で帰宅するというわけにもいかない。

そこで一計を案じてくれたのが俊平だった。

(これで佐和にも叱られまい……)

宵闇の迫る中、急ぎ足で歩きながら半蔵は微笑む。

鞘《さや》の内に納められた定寸刀には、刃が付いていなかった。

砥石《といし》に当てて刃を研ぐのではなく、わざと削《けず》り潰《つぶ》して斬《き》れなくした刃引き刀は剣術形の演武にも使用されるが、南北の町奉行所では捕物の現場に出役する同心たちが自前の刀と差し替えて携行し、犯人の生け捕りに用いていた。

あれから俊平は呉服橋御門内の北町奉行所に出向き、備品の刃引き刀を一振り持ち出してきたのである。

兄弟子の悩みを聞いた俊平は、同じ流派の剣を学んだ立場として明快な答えを出してくれた。

『斬ろうとするからいけないんですよ、半さん』

『どういうことだ、高田?』

『相手を動けなくするのに何も殺すことはないでしょう。俺たち町方役人だって無闇やたらに悪党を叩っ斬ったりはしませんぜ』

『それはそうだ。おぬしらは斬り捨て御免の火盗 改《かとうあらため》とは違うからな』

『そういうことです。実はね半さん、俺は奉行所勤めを始めてから、一遍だって人を斬ったことはありませんのさ』

『まことか？』

『恥ずかしながら、本身で斬り合う羽目になるたびに受け流しで身を守るのが精一杯でしてね』

『されど、おぬしは去る年に深川十万坪で二十に余る博徒を制したのだろう』

『ああ。あのときは刃引きを持って行ったんですよ』

『刃引きとな』

『楽なもんでしたよ。手の内さえ錬《ね》れてりゃ、木太刀を振るうのと同じです』

『おぬしがそう申すのならば、間違いはあるまいな』

『何なら半さんも帯びてみますか』

『えっ』

『お腰の正宗はどっちみち、ささらにされちまったんでしょう？　研ぎに預けておく間、差し替えってことでどうですか』

『されど、それでは奥が……』

『心配ありませんよ。柄だけ元のやつと取り換えればいい』

『鞘はどうする』

『ちょいと拝借しますんで、反《そ》りがうまいこと合うのを見つけてきましょう』

『愛宕下《あたごした》にでも参るのか。代金の持ち合わせならば無いぞ』

『ご安心なさい。刀屋巡りなんぞしなくも、北町にゃ山ほどあります』

『おぬしの勤め先から持って参ると申すのか』

『大丈夫。ほんの一振りちょろまかしたところで、気が付く者なんぞ居りませんからねぇ』

『捕物出役の備えであろうに……まことに構わぬのか』

『易《やす》いことです。すぐに持ってきますから、ちょいとお待ちを』

そんなやり取りを経て、半蔵は刃引きの一振りを帯びるに至ったのだ。

むろん戦国乱世が終わる前に合戦場で用いられた古刀《ことう》ではなく、江戸開府後に作られた新刀《しんとう》である。

近頃は高名な刀工の水心子《すいしんし》正秀《まさひで》らが鎌倉の昔の太刀を理想として「新々刀」と称し、やたらと長物を作るようになりつつあったが、いざ振るうことになったとき、刀とは長ければ良いというわけではない。

むろん脇差並みでは話にならないが、短めに作られているほうが斬るにも突くにも扱いやすい。身の丈が六尺に近い半蔵でも三尺近い長物は持て余すのに、大半が五尺そこそこの日の本の武士が帯びるのに向くとは考え難《がた》かった。

ともあれ、俊平が持って来てくれた一振りは申し分ない。

定寸より寸の詰まった二尺二寸物で、反りも半蔵の鞘とぴったり合っている。

柄も正宗に付いていたものと取り換えた上で、刀身は日のあるうちに研ぎ師の店に足を運んで預けてきた。

後払いの手間賃は何とかするとして、まずは一安心である。

残るは何食わぬ顔で帰宅し、早々に寝てしまうのみ。

勤めを休んだことがばれていれば佐和に雷を落とされるだろうが、もはや聞く耳を持つ気はなかった。

（生意気なおなごめ。四の五の申さば、思い切り張り倒してくれるわ）

半蔵はいつになく気分が高揚《こうよう》していた。

持ち前の剣の技を遺憾《いかん》なく発揮できる得物《えもの》を得たことで、すっかり自信を取り戻したのだ。

初めての真剣勝負で思わぬ苦戦を強いられ、これまで積んできた厳しい修行は何だったのかと落ち込んだのが嘘のようだった。

相手を殺すことを躊躇《ちゅうちょ》せずに戦うことができるとなれば、あの賊の一団と再び渡り合っても後れは取るまい。今度は竹刀ではなく、この刃引きで思い切り打ち据えてやりたいものである。

そんなことを考え始めたとたん、半蔵は刀を抜きたくなってきた。

刃を潰してあるとはいえ、仮にも公儀の役人の身で辻斬りの真似事をするわけにはいくまい。

ならば、わざと襲われればいい。

自分は刃引きを帯びているのであり、斬り合いに及んだところで誤って殺してしまうことはない。

当たりどころが悪ければ骨を折ってしまうことも有り得るが正当防衛ならば罪には問われぬし、相手も命を失うよりはいいだろう。

喧嘩をしたくて仕方がない年頃の若者と同じ発想だが、気分が高揚した半蔵は力を振るいたい衝動を抑えきれなかった。

家路を辿《たど》るのを止めて、足を延ばした先は大川堤。

日中は花見で賑わう桜の名所も、ひとたび夜の帳《とばり》が下りれば通行人の懐《ふところ》を狙う追《お》い剝《は》ぎどもが跳梁《ちょうりょう》する。

世間に害を為す輩であれば、痛め付けたところで良心は傷まない。

悪党退治をした上で入り婿暮らしの憂さも晴らせるとなれば、一石二鳥というものだった。


大川堤に着いたときには、夜はとっぷりと更《ふ》けていた。

淡い月明かりの下で、七分咲きの桜が夜風にそよいでいる。

(浪人でもごろつきでも構わぬわ。早う来い)

滔々《とうとう》と流れる大川を眼下に眺めつつ、半蔵は勇んで歩みを進める。

どちらが追い剝ぎなのか分かったものではない。

俊平がこのざまを目の当たりにすれば、さぞ呆れることだろう。

半蔵に刃引きを調達してやったのは、悪党を退治するのにかこつけて人を痛め付けさせるためではない。

同じ流派を学んだ兄弟子に自信を取り戻させてやり、武士としてだけでなく男としても胸を張って生きてほしい。

そう純粋に願えばこそ職場の備品までちょろまかしてきたというのに、半蔵は道を踏み外しかけている。

このまま笠井家の入り婿として、勘定所勤めの一役人として堅実に歩むべき道から外れ、誤った方法で自分の強さを確かめようとしているのだ。

このままではいけない。

しかし、止める者は誰もいない。

夜半の大川堤は静けさに包まれていた。

聞こえてくるのは桜並木のそよぐ音、そして大川のたゆたう音のみ。

(人通りが絶えておるな……)

半蔵は苛立《いらだ》ち始めていた。

高揚した気分の赴くままに浅草の近くまで足を延ばしたというのに、これでは腕の振るいようがなかった。

(誰でも良いと申すに、なぜ通らぬのだ)

不機嫌そうに顔を歪めつつ、両の肩を怒らせていた。このままでは斬れぬ刀を帯びているのを幸いとばかりに、誰彼構わず襲いかかりかねなかった。

半蔵は鬱屈《うっくつ》していたのだ。自分で考える以上に日常への不満を溜め込み、発散できる好機を待ち望んでいたのだ。

危ういことである。

武士である以前に人として、自重《じちょう》しなくてはならないことであった。

だが、今や抑えが効いていない。

破邪顕正《はじゃけんしょう》の捕具《とりぐ》である町奉行所備えの刃引きが、妖刀と呼ばれる村正《むらまさ》さながらに半蔵を凶行へ駆り立てようとしているのだ。

肩を怒らせ、半蔵はずんずん歩みを進める。

と、後方から入り乱れた足音が聞こえてきた。

誰かが追われているらしい。

「む……？」

夜目を凝《こ》らしてみれば、逃げていたのは黒装束の男。

身の丈は五尺二寸ばかり。黒染めの着流しの裾をはしょり、下に穿《は》いた同色の股引を覗かせている。頰被《ほおかむ》りに隠れた顔は分からない。

後を追うのは三人の武士。

どの者も男より頭ひとつ大きい、半蔵と同じぐらい上背《うわぜい》のある面々だ。揃いの羽織と袴に身を固めていることから、旗本屋敷に仕える家士と見受けられる。

大小の刀を帯びているからには士分であり、二尺に満たぬ大脇差を一本差しにすることしか許されていない若党とは違うはず。

腕の程も、形だけ武士らしく見せかけた若党の類とは別物だった。

その証左に、三人とも抜き身を右肩に担いで駆けていた。半蔵が大手御門前で渡り合った賊の一団と同じく、集団で行動中に誤って負傷するのを避ける方法を知っているのだ。

追う者と追われる者の間合いはぐんぐん詰まっていく。

逃げる男の足がもつれていたのも無理はない。

黒装束のところどころに血がにじんでいる。いずれも浅手のようだが、出血をすればするほど体の動きが鈍っていくのは当然のことだった。

対する三人の武士の刀は、いずれも朱《あけ》に染まっていた。

男が逃走を図る前に斬ったのか、それとも追撃しながら刃を浴びせたのかまでは定かでないが、この武士たちが手傷を負わせた張本人と見なしていい。

見守る半蔵の視線の先で男は追いつかれ、三人組に取り囲まれた。

「これまでじゃ、下郎。御前を付け狙うたが命取りと知れい」

両手で構えた刀を向けつつ、頭目と思しき一人の武士が居丈高《いたけだか》に告げる。

無言で見返す男の視線は鋭かった。

いつも『笹のや』の板場から半蔵を睨み付けるときにも増して険しく、力強い眼力が込められている。

「梅吉……なのか？」

半蔵が茫然とつぶやいた刹那、金属音が上がる。

黒装束の男が懐中に隠し持っていた短刀を抜いたのだ。

「うぬ！」

果敢《かかん》に突きかかった男——梅吉の刃を弾いた頭目が怒号を上げる。

「こやつ、しぶといぞ」

「ええい、手を焼かせおって！」

仲間の二人も苛立たしげにわめいた。

優位に立っていながら、誰もが梅吉のしぶとさに根を上げている。

しかし、梅吉の気力も限界に近づいていた。

短刀を振るって血路を開こうと暴れていても、足の動きが上体に付いていっていない。もはや立っているのも難しいのだろう。

もとより気に食わぬ上に後ろ暗いところまであるとは重ね重ね面倒なことだが見殺しにするのは忍びない。

だっと半蔵は駆け出した。

「大人しゅう往生せい！」

怒号と共に頭目が斬りかかる。

刹那、重たい金属音。

「な、何奴⁉」

「名乗るほどの者ではない……」

驚く頭目の凶刃を受け止めた姿勢のまま、半蔵は淡々と答えた。

刀身を横一文字にして右手を添え、刃の部分で斬撃を止めている。天然理心流に限らず古流剣術の各流派に伝わる防御法『鳥居之太刀《とりいのたち》』だ。

両腕で刀身を支えた形が鳥居に似ていることから技名が付いた『鳥居之太刀』は刃部で敵の斬り付けを阻《はば》むため、衝撃で刃こぼれするのを避けられないが、最初から刃を潰してある刃引きならば問題はなかった。

「おのれ！」

「邪魔立てするか、うぬ！」

仲間たちが横槍を入れてきた。

応じて、半蔵は機敏に体を捌《さば》く。

受け止めた刀を払い流し、つんのめるのを尻目に不意を突こうとした二人目の斬撃を打ち払う。

「わっ」

よろけたところを打ち倒し、向き直った相手は三人目。

二条の刃が交錯した刹那、鋭い金属音が上がる。気迫を込めた半蔵の刃引きは敵の刀の鍔《つば》を割り、そのまま手首を打ち砕《くだ》いていた。

衝撃と苦痛で崩れ落ちるのを尻目に、半蔵は残った一人——最初に転倒させただけで失神させずにいた敵に猛然と突進する。

負けじと斬り付けてくるのに動じることなく、今度は鎬《しのぎ》で受け止めざま、刀身を傾《かし》げて受け流す。大手御門前で五人の賊と戦ったときよりも余裕のある、落ち着き払った動きであった。

「ひ⁉」

全力の一撃をあっさりとかわされた敵は悲鳴を上げる。半蔵の刃引きと違って相手を斬れる刀を手にしていながら、もはや抗する術《すべ》を持たずにいた。

腰が引けてしまっていては、防御するのもままならない。

袈裟に振るった半蔵の刃引きが、ずんと肩にめり込んだ。

仲間の二人も土手に転がり、ぴくりとも動けずにいる。

速攻で勝負を決めた半蔵を前にして、梅吉は黙り込んでいる。

出血多量で口を開くのも億劫《おっくう》なのかと思いきや、向けてくる視線は鋭い。

「……てめぇ、余計な真似をしやがって」

納刀した半蔵に告げる口調は苛烈《かれつ》そのもの。

「何と申す？」

半蔵が啞然としたのも無理はあるまい。

しかし、梅吉は目をぎらつかせたままでいた。

「誰も助けてくれなんて頼んじゃいねぇや、くそ役人！」

捨て台詞を残して梅吉は歩き出す。

「……恩知らずめ。親の顔を見てやりたいわ」

その背中を見送りながら、半蔵は憮然《ぶぜん》と踵を返す。

つくづく梅吉は腹立たしい奴だが、感謝の気持ちも無くはない。

もしも窮地に出くわさなければ、きっと自分は罪もない町人を相手に辻斬りをしていただろう。

斬れぬ刃引きを用いていても、危害を加えれば罪に問われるのは同じこと。

軽はずみな真似をせずに済み、本当に良かったと思っていた。

それにしても、なぜ一介の板前が武士たちに追われていたのか。

梅吉は堅気《かたぎ》ではなく、表立ってできないことをしているのではあるまいか。

あの可憐な女将が、そんな曲者《くせもの》を雇うとは考え難い。

見た目に違《たが》わず無垢で人を疑うことを知らぬが故、叩けば埃《ほこり》の出る身と思わずに抱えているのか。

あるいは女将のお駒自身、実は後ろ暗いところがあるのだろうか――。

解せぬ限りの半蔵であった。

第三章　勘定奉行の密命

一

大手御門前での襲撃事件の翌々日、半蔵は勘定所に出仕した。

今朝は『笹のや』に足を運んでいない。

なぜか佐和が癇癪を起こさなくなり、朝餉抜きのままで出仕させられることも無くなったからである。

厳しい態度は相変わらずだが、以前よりも濃《こま》やかな気遣いが感じられる。

あの夜も遅くに帰った半蔵に表で何をしていたのかと詮索せず、食事も着替えも女中たち任せにすることなく、自ら世話を焼いてくれた。

そんな佐和も、どうして勘定奉行が半蔵の無断欠勤を不問に付しただけでなく特別に休暇まで与えてくれたのかは知らずにいる。

半蔵にはおおよその察しが付いていた。

奉行の梶野良材にとって、一昨日の襲撃事件は恥ずべきことに違いない。襲われた事実を隠蔽《いんぺい》する上で、半蔵には賊の一団との斬り合いであのまま命を落としてもらったほうが都合は良かったのだろう。

だが、生き残ってしまったからには懐柔《かいじゅう》するしかあるまい。良材が自ら使者を立てて直筆の書状で半蔵の欠勤を許したばかりか、一両日は勤めを休んでも差し支えないと伝えてきたのが何よりの証左であった。

たとえ命の恩人とはいえ、配下の小役人の機嫌を取らざるを得なくなったのが面白かろうはずはあるまい。

されど半蔵が生還したばかりか、実の弟である小十人組の村垣範正まで現場に来合わせたからには何事も無かったでは済まされない。範正が仲間を呼び出して四人の賊を連行させたのは自分の手柄にするためではなく、兄の身の安全を図《はか》ることが真の狙いだったのだ。

そんな弟の気遣いにも、今は素直に感謝できている半蔵だった。

大川堤で刃引きを振るった一夜を境にして、憑《つ》き物が落ちたかのような心境に至った気がする。

　自分には戦えるだけの力がもとより備わっている。

　相手を斬ろうとさえしなければ、十分に渡り合えるのだ。

　むやみに周囲に対して劣等感を抱いたり、落ち込む必要も無い。

　そう思い至ったことで気が楽になっていた。

　妻と接する態度も同様である。

　半蔵はこれまで佐和に遠慮をし過ぎていた。

　たしかに彼女は微禄とはいえ誇り高き代々の直参旗本の家付き娘であり、村垣家の息子として正式に認められているわけでもない、あやふやな立場のまま婿になっただけの自分とは格が違う。

　しかも才色兼備の令嬢であり、剣術の他には何の才覚も持たぬ半蔵より二歩も三歩も先を行っている。

　だが、それが何だと言うのか。

　未だ子宝にこそ恵まれていないものの、祝言を挙げて今年で十年。

　お互いにいい歳《とし》をしていながら、むやみに張り合うのは外聞も悪い。何よりも二人自身のためにならないではないか。

これからは折り合いを付けて、上手くやっていきたい。

そんな本音をいずれ佐和には話すつもりである。

ともあれ、今は勘定所での勤めに集中するべきだった。

「お早うございまする」

「おお、笠井」

「大儀であったな。さ、早う席に着くがよい」

二日ぶりに出仕してきた半蔵に対し、上役の勘定組頭も同僚たちも小言や嫌味めいたことは何も言わなかった。

のみならず組頭は不自然なまでに気を遣い、半蔵が確認した書類に見落としや算盤違いがあっても常の如く一同の前で叱り付けたりはせず、訂正するべき点を記した付《ふ》箋《せん》を挟んで、こちらの机にそっと戻してくれる。

おかげで仕事ははかどったが、疑念を抱かずにはいられなかった。

奉行の梶野良材は半蔵に臨時の休暇をくれただけでなく直属の上司である組頭に因果を含め、扱いに手心を加えるようにさせているらしい。

ここまで配慮をしてくれるのは、やはり良材に後ろ暗いところがあるせいだとしか思えない。

大手御門前で襲撃に見舞われ、半蔵に後を任せて逃げたばかりか一人の加勢も差し向けなかったのは、薄情なことではあっても理解できる。

老中首座の水野忠邦に協力して幕政改革を推し進める一人として、よからぬ噂が立つのは絶対に避けたいはずだからだ。

暗殺されそうになりましたとは、口が裂けても忠邦には言えまい。

なればこそ半蔵に遠まわしに配慮をし、余計なことを口外されないように機嫌を窺ってもいるのだろう。

半蔵が未だに解せないのは、なぜ良材が襲われたのかであった。

何の落ち度もなければ登城の最中に、それも世間に知れれば大騒ぎになったであろう大手御門前で襲撃を受けることなど有り得ぬはずだ。

御庭番から勘定奉行にまで出世を果たした傑物であり、幕閣内での評価も高いとはいえ、半蔵は上役の良材について多くを知らない。この勘定所で配下として働く、およそ三百人の勘定衆も同様であろう。

実は良材が世間に隠れて悪事を働いており、恨みを買った相手から刺客を差し向けられたのだとしたら、築き上げてきた名声は地に落ちる。かかる事態を回避したいからこそ良材は生き証人の半蔵を最初は見殺しにし、生き残った今は懐柔《かいじゅう》しようと企《たくら》んでいるのではあるまいか。

（火の無いところに煙は立つまい……）

執務に励みながらも、半蔵の疑念は深まるばかりだった。

ともあれ、勤めの手を抜くつもりはない。

良材の真意は気にかかるが、こうして出仕したからには平勘定としての職務を全うしなくてはなるまい。

半蔵は逃げることを止めたのだ。

たしかに勘定所勤めは苦手であり、佐和は扱いかねる恐妻である。

しかし、いつまでも現実と向き合わずにいては埒が明くまい。

職場の一同だけでなく、佐和の態度もこれまでとは変わってきた。良材の思惑はどうあれ、善《よ》きことには違いなかった。

怪我の功名ならば、それはそれで構わない。

この機に自分も姿勢を改めよう。

いつまでも立ち止まっておらずに、人生をやり直してみよう。

勘定所も佐和も見限ることなく、いちから励み直してみよう。

剣客としての自信を取り戻すのと同時に、そんな前向きな気持ちになってきたのは幸いだった。

人は割り切ることが大事である。

襲撃を受けた良材を助けようとして見殺しにされかけたのは腹立たしい限りであったが、結果さえ良ければ文句は言うまい。

むろん、このまま無事には済まない可能性もある。

権力を持つ者たちは疑《うたぐ》り深いのが常である。

良材は半蔵が職場での扱いが良くなっただけでは満足せず、襲撃の一件を口外するのではないかと案じているかもしれない。

不安の種である半蔵を抹殺するべく、今度は良材が刺客を差し向けてくることも有り得よう。

状況がどう転ぶのであれ、そのときはそのときのことだ。

今の半蔵は相手が誰であれ、後れを取らずに渡り合える自信があった。

家宝の正宗と差し替えた刃引きは頼もしい一振りである。

大川堤で三人の相手を一蹴したとき、半蔵の五体は自然に動いていた。

亡き師匠の近藤三助方昌に鍛えられた天然理心流の技を遺憾なく発揮し、それなりに腕の立つと思われる三人組を瞬時に叩き伏せることができたのだ。

今ならば、大手御門前で苦戦をさせられた賊の一団にも負ける気がしない。

たとえ良材が刺客を差し向けてきたとしても、恐れるには値するまい。

（来るならば来い）

半蔵は斯様に割り切り、昼餉を挟んで勤めに没頭した。

佐和が弁当を持たせてくれたのは新婚当初の頃以来であり、相変わらず不器用ながらも食べやすく握られた、小ぶりのむすびが懐かしかった。


かくして、何事もなく日は暮れた。

その日の仕事を終えた半蔵は算盤を手ぬぐいで拭き上げ、筆を洗う。

すでに同僚たちは退出しており、用部屋に残るのは半蔵のみ。どの者も道具の片付けなど適当に済ませてしまっていた。

そんな朋輩の面々をよそに、半蔵は黙々と手を動かす。勘定所勤めに嫌気が差して仕方がない日でも欠かさずにいる、十年来の習慣である。

筆はもとより算盤も勘定所の備品だが、粗末には扱わない。

算盤一挺と筆一本だけで全うできるのが御算用者の勤めであり、刀に等しいと思って日々の手入れを欠かさぬべし。

そう教えてくれたのは佐和だった。

彼女は理不尽に夫を叱り付けるばかりの悪妻とは違う。

笠井家代々の役目である勘定所勤めを大事に思っていればこそ、半蔵に説教をせずにはいられないというのも分かっていた。

もしも佐和が単なる癇癪持ちであれば、半蔵も疾《と》うの昔に耐えきれなくなって離縁を申し出ていたことだろう。

佐和の厳しい物言いの中にも、十に一つはうなずけることがある。算盤と筆の扱いは、そんな実のある助言のひとつだった。

(気こそ強いが、あれはあれで良い女なのだ。むろん、妻としても……な)

妻との仲を改めて深めるためにも、佐和が望む夫の姿に近づけるように努力をしなくてはなるまい。

職場での扱いが良くなったのを幸いとし、明日も勤めに励むとしよう。

そんなことを考えながら、半蔵は洗い終えた筆の水気を切る。

執務用の文机にも雑巾がけをし、算盤を収めた手文庫に蓋《ふた》をする。

後は退出して屋敷に戻るばかりとなった頃、廊下から控えめに呼びかける声が聞こえてきた。

「よろしいですか、笠井様」

「うむ?」

見れば、奉行付きの小者である。

「お奉行が御用にございまする。奥へお越しくだされ」

「お奉行が……?」

「お人払いは済んでおります。先刻よりお待ちにございますれば、お早く」

戸惑う半蔵に一礼し、小者は廊下を歩き去っていく。

案内はしないので、独りで勘定所の奥にある奉行の用部屋まで行くように――ということらしい。

半蔵は机の前に座したまま、しばし目を閉じていた。

来るべき時が早々に訪れたのだ。

奉行がこの時間に勘定所に現れるのは異例のことである。

本来ならば、まだ江戸城中で執務をしているはずだ。

いつもは早朝に立ち寄るだけなのに、わざわざ早退をしてまで足を運んできた理由は明白だった。

半蔵に休暇を与えたり、職場での立場を改善してやっただけでは安心できずに自ら呼び出して釘を刺すつもりなのだ。

金か出世を餌にして懐柔されるような、美味《おい》しい話とは限らない。

半蔵が良材の立場であれば、まだるっこしい真似などせずに口を封じてしまうことだろう。

勘定所の中で刃傷沙汰《にんじょうざた》を引き起こしたところで、奉行の権限を以てすれば何とでも理由は付けられる。

半蔵がのこのこ出向いたところをあらかじめ配しておいた討手に斬らせ、適当な理由をでっち上げれば不心得者を成敗したということで片は付く。

始末し終えた後で乱心して斬りかかってきたとでも主張すれば、死人に口無しで事は丸く収まるはずだった。幕府にしても大して問題視はせず、笠井家を取り潰して別の旗本を空いた席に就かせればいいだけのことだ。

そんな真似をさせてはなるまい。

一寸の虫にも五分の魂というものがある。

良材が力ずくで黙らせるつもりであれば、こちらも腕に覚えの技で言うことを聞かせるまでだ。襲撃の一件を世間に公表する気は無いと理解させて、このまま勘定所勤めを続けさせてもらえればそれでいい。

もとより腹を括っていた半蔵には逃げるつもりなどなかったが、困ったことがひとつある。

武士は城中に限らず、職場では刀を手元に置いておくことができない。

士分としての身分の証しに脇差だけは常に帯前に差していることが許されるが刀は出仕して早々に玄関脇にある共用の刀架にまとめて保管され、退出するまで手にしてはならない決まりであった。

まして奉行と面談するのに、刀を提げていくのは非礼の極み。人払いがされているからといって持参するわけにはいかなかった。

（さすがはお奉行、抜かりなきお方だ）

半蔵は太い眉をしかめた。

こちらには不利な限りだが、相手にとっては好都合なはずだった。

一対一ならばともかく、複数の討手が待機していれば帯前の脇差だけでは満足に渡り合えるまい。

そう思いながらも半蔵は臆していなかった。

天然理心流には得物を振るう技だけではなく、素手で戦う柔術の技も含まれている。

一昨夜の大川堤での暗闘で完璧に勘を取り戻すことができた以上、相手が幾人いようと後れは取るまいし、負ける気もしなかった。

今は自分を信じて面談の場に赴くのみ。

(よし!)

意を決して半蔵は立ち上がる。

浅黒い顔に闘志を宿して、決然と腰を上げたのであった。

二

長い廊下を粛々と渡り、半蔵は奉行の用部屋の前までやって来た。

閉じられた障子の向こうに複数の者が潜んでいる気配は無い。抜き身の刀や槍が漂わせる、剣呑《けんのん》な殺気も感じられなかった。

意を決して敷居際に座り、半蔵は訪《おとな》いを入れる。

「笠井にございます」

「入れ」

答える声は落ち着いたものだった。

すっと半蔵は手を伸ばし、障子を開く。

両足を尻の下に折り敷くことなく、腰を浮かせている。気配を抑えて討手が身を潜めていた場合に備え、斬りかかられれば即座に立ち上がって応戦するための備えである。

障子を開けても異変は起こらなかった。

「失礼仕りまする」

一礼するときも半蔵に隙は無い。横手から伏兵に飛びかかられても転がされぬように両の脇を締め、背中を丸めることなく腰にも力を込めていた。

「面《おもて》を上げよ」

「ははっ」

半蔵は静かに上体を起こしていく。

良材は上座からうなずき返し、脇息《きょうそく》を後ろに回す。

たとえ相手が目下の者であっても、面と向かって話すときには脇息を外すのが武家の作法とされている。むろん気を遣うつもりが無ければ守る必要もないことだったが、良材は半蔵に礼を払ってくれていた。

とはいえ、油断するのはまだ早い。

半蔵は四方に気を配りつつ、膝行《しっこう》して座敷内に入っていく。

隣の部屋はもとより、天井裏と床下にも人の気配は感じられない。

「そう硬くなるには及ばぬぞ」

告げる口調は相変わらず穏やかだった。

「そのほう、儂が討手を揃えて待っておるとでも思うたのか」

「滅相《めっそう》もありませぬ」

膝を進めながら答える半蔵の表情に変化は無い。

感情を面に出さぬ習慣は、十年の入り婿暮らしで身に付いている。

半蔵は良材の前に座し、改めて一礼した。

畳の境目を避けて座るのは作法であると同時に、床下から手槍などで突き上げられるのを防ぐための習いである。

ふだんは礼儀作法としてやっていることだが、今は瞬時も気が抜けない。

「笠井半蔵、お呼びにより参上仕《つかまつ》りました」

「ん。大儀である」

労いの一言を口にしながら、良材は微笑む。

「礼を申すのが遅うなったが、その節は世話になったの。おかげで一命を拾うたわ」

「いえ……お奉行の配下として、当然のことを為したまでにございまする」

伏し目がちに答えつつ、半蔵は周りに気を巡らせるのを怠らない。

臨戦態勢で目を伏せた状態にすることは、剣術の専門用語で「遠山《えんざん》の目付《めつけ》」と称される。遠くの山を見るが如くに視界を広く取り、すぐ前にいる者だけでなく周囲にも警戒を怠らぬための目の遣い方である。

たしかに人払いがされているのは間違いない。

廊下も静かなままであり、半蔵が入室するのを待って押し寄せてくる者の足音も聞こえてはこなかった。

良材は本当に二人きりで面談に及び、何かを明かすつもりなのだ。

半蔵は口を閉ざして、良材の次の言葉を待つ。

相手が誰であれ、自分からあれこれと口にするのは慎むべきことである。先に本音を言っては碌《ろく》なことにならないのを、半蔵は佐和との暮らしの中で重々思い知っていた。

まして、今は一瞬も油断ができぬ場であった。

良材は何を言い出すつもりなのか。

こちらの口を封じぬのであれば、何故に呼び出したのか。

考えられるのは金か出世の話を持ちかけ、襲撃された一件について黙っているように因果を含めてくることだった。

他の者であれば、そんな思惑《おもわく》にほいほい乗って満足するのだろう。

しかし、半蔵には矜持《きょうじ》というものがある。

職場の待遇を改善してもらう程度のことは謹んで受けるが、口止め料など頂戴したいとも思わない。

出世話も同様だった。

口をつぐむ見返りに昇進させてもらったところで意味は無いし、佐和も喜びはしないだろう。

笠井家代々の役目である平勘定の職務さえ全うできれば十分であり、それ以上は何も望むまい。

どんな美味しい話を持ちかけられても、毅然《きぜん》として断るつもりである。

感情を面に出すことなく、半蔵は良材の言葉を待ち続ける。

しかし、黙っているのを苦痛としない点では良材のほうが上手だった。

沈黙が打ち続き、部屋の中は次第に暗くなっていく。

すでに灯火《とも》は点されていたが幾つも行灯《あんどん》が用意されているわけではなく、互いの顔が見て取れる程度の光量でしかなかった。

このまま話が長引くのは、半蔵にとって不利なことである。

暗がりは攻める側には好都合だが、受ける側は劣勢を強いられる。

件《くだん》の賊の一団が大手御門前で良材を襲ったのも、まだ夜が明ける前に出仕するところに仕掛ければ有利と踏んだからに違いない。

そして今度は、自分が襲撃される番ということなのか――。

重い沈黙に半蔵は耐えきれなくなりつつあった。

揺るぎないはずだった自信も、今は心許《こころもと》ない。

一方の良材は平然としている。

剣の技量と体力はともかく、辛抱強さは明らかに上である。

年の功というべきか。

それとも、かつて優秀な御庭番として探索御用に従事していた、年季の違い故なのだろうか。

いずれにしても、半蔵より上を行っているのは間違いない。

困ったことになってきた。

これでは刀を抜く前に負けているのも同然。

まずは何でもいいから言葉を交わし、相手の出方を探るべきだ。

「お、お奉行」

半蔵はおずおずと口を開いた。

「畏《おそ》れながらお尋ね申し上げまする」

絞り出すような一言であった。

「お奉行には、拙者に何をお望みなのでありまするか？」

「言うても構わぬのか、笠井」

良材の態度は揺るぎない。

告げる口調も変わらずに落ち着いていた。

「そのほう、儂が死ねと申さば死ねるかの」

「お奉行？」

愚問と見なさざるを得ない問いかけだった。

武士の生死を左右できるのは主君のみ。

軽輩ながら直参旗本である半蔵の主君は将軍だ。

たとえ上役でも、罪を犯してもいない配下の命を取るなど無茶な話。

そこまでして口を塞ぎたいのならば、こちらも腕ずくで防ぐのみだ。

「答えよ、笠井」

「ご冗談を……」

真面目に答えつつ、半蔵は両肩から無駄な力を抜いた。

その代わりに臍下《せいか》の丹田《たんでん》に気を集中させ、いつでも立ち上がって脇差を鞘から抜き打つことができるようにする。

しかし、討手が座敷に突入してくる気配は無い。

「儂は本気ぞ」

刃の代わりに投げかけられたのは、良材の思いがけない一言だった。

「儂がそのほうに任せる役目は、一命に関わることじゃ。力及ばねば命を落とすことも有り得る故、しかと思案の上で返答いたせ」

「お役目、にございまするか？」

「左様。平勘定の役儀を越えた、密なる命を成す役目じゃ」

「密なる御下命……？」

半蔵は啞然としながら問い返す。

傍らに置かれた行灯《あんどん》の炎が、ふっと揺らいだ。

用部屋には夜の冷気が迫りつつある。

桜の時期は花冷えがする。

部屋に置かれた火鉢には、炭が熾《おこ》されていなかった。

冷え込みの厳しい中、半蔵は黙ったままでいる。

思わぬ話の流れに戸惑いながらも取り乱しはせず、良材が続いて何を言い出すのかを待っていた。

密命とは如何《いか》なることか。

一体、自分に何をさせるつもりなのか。

早く答えを聞きたいのに、良材は再び口を閉ざしてしまっていた。

こちらから迂闊《うかつ》なことは言えない。

老獪《ろうかい》な良材の前では、三十男の半蔵も青二才にすぎなかった。

沈黙に耐えきれず、半蔵は自分から問いかけた。

「……何故、お奉行は拙者に左様《さよう》なお話をなされるのですか？」

「さて、なぜであろうな」

良材は薄く笑う。

挑発とも思える態度だったが、奉行が相手では腹を立てるわけにもいかない。

怒りの感情を抑え込み、半蔵は努めて冷静に言上《ごんじょう》した。

「拙者如きが、上《うえ》つ方《かた》のお役に立てるとは思えませぬ」

「そう思うのは何故かの」

「過日にお奉行は拙者をお見捨てになられました故……」

「ははは、それは違うぞ」

良材は声を上げて笑う。

馬鹿にしているのかと思いきや、続く口調は真摯《しんし》な響きを帯びていた。

「儂はそのほうならば安心と見込めばこそ、後を任せたのじゃ。頼りにならぬと思うておれば、即座に加勢を送り込んでおったわ」

「まことでありまするか」

「偽《いつわ》りを言うても始まるまい」

じっと半蔵を見返して、良材は熱っぽく言葉を続ける。

「左近衛将監《さこんえのしょうげん》めが差し向けし手練《てだれ》どもをただ独りで相手取り、よく生き延びたものだのう」

「……恐れ入りまする」

半蔵は答えながらも、唖然とするばかりだった。

意外にも褒《ほ》められたのにも増して、刺客《しかく》を送り込んだ黒幕の正体をすでに良材が突き止めていたことに、驚かずにはいられない。

しかも、黒幕は思いがけない人物だった。

「左近衛将監様と申さば、小普請《こぶしん》御支配の……」

「左様。矢部定謙《やべさだのり》じゃ」

答える良材の口調は確信に満ちている。

名前を挙げられた矢部左近衛将監定謙は当年五十三歳。かつては数々の要職を勤め上げた五百石取りの大身旗本で、勘定奉行だったこともある傑物だ。

元はと言えば有事に幕軍の先鋒として戦う御先手組《おさきてぐみ》の鉄砲頭であり、文政十一年（一八二八）に弱冠三十一歳で火付盗賊改《ひつけとうぞくあらため》の長官職に抜擢《ばってき》されたのを皮切りに大坂の堺町奉行、東町奉行を経た上で勘定奉行の地位に就いている。そして三年前の天保九年（一八三八）から西ノ丸留守居役として、江戸城中に出仕する立場となっていた。

そんな傑物も、今や閑職の小普請支配に任じられている。

お役御免になった旗本や御家人を名前だけに等しい役職である小普請組に編入させる手続きを行うだけの、パッとしない立場だった。

昔日の出世ぶりを思えば気の毒なことには違いないが、刺客を送り込んできたとなれば同情してはいられまい。

「また何故に、左近衛将監様がお奉行の御命を……」

「推量で物を言うても始まるまいが、妬心《としん》を抱いてのことであろうよ」

「妬心？」

「目下の矢部が閑《ひま》を持て余す身なのは存じておろう」

「風聞《ふうぶん》を耳にしてはおりまするが……」

「ならば、あやつが越前守様と犬猿の仲であるのも承知の上だな？」

「は、はい」

半蔵は言葉に詰まりながらもうなずいた。

自分からは恐れ多くて口にできないことだが、そういった噂が以前から世間に流布《るふ》して久しいのは知っていた。

矢部定謙が出世をしくじった一番の理由は、老中首座の水野越前守忠邦と三年前に対立したのが未だに尾を引いているせいだと言われている。

幕政改革を速やかに実現させるため、忠邦は北町奉行に遠山金四郎《きんしろう》こと景元を抜擢するなど思い切った人事を行っていた。

神経の細かそうな外見をしていても存外に忠邦は肝が太いらしく、目付の鳥居耀蔵のように何でも言うことを聞く者ばかりではなく、多少は反発されても有能ならば好きにやらせようという、度量の深さを備えているのだ。

そんな忠邦も矢部定謙とだけはどうにもウマが合わないらしく、過去の実績を一切無視して、つまらぬ閑職にばかり就かせている。

小普請支配となる以前に定謙が務めていた西ノ丸留守居役は格こそ高いものの実権を伴っておらず、幕政にはまったく口を挟めぬ立場であった。

かかる閑職に勘定奉行から左遷されたのは天保九年（一八三八）、西ノ丸の再建を巡って対立した忠邦を定謙がやり込めて恥をかかせたのが原因らしい。

それから三年、ずっと制裁人事は続いている。

一介の小役人にすぎない半蔵にとって老中首座など雲の上の人であり、むろん顔を見たこともない。

あくまで想像の域を出ないが、忠邦はよほど執念深いと見なしていい。そんな人物に睨まれた定謙こそ哀れなものだが、まだ解せないことが二つある。

なぜ定謙は恨み重なる忠邦ではなく、良材に刺客を差し向けたのだろうか。

そもそも、なぜ黒幕が定謙だったと言い切れるのか。

「妬心とはそういう見境の無きものなのじゃ。覚えておくが良かろうぞ」

半蔵の疑問を見抜いたかの如く、良材は続けて言った。

「何故に矢部が指図したことと判じたか、答えが聞きたいのであろう」

「は……ははっ」

「されば教えて遣わそう。儂を襲いし手練どもは、あやつの息がかかった御先手組の者であったのだ」

「まことにございまするか!?」

「手証を教えてくれたのはそのほうの弟ぞ。さすがは村垣家の子、兄弟揃うて頼りになるのう」

「お……恐れ入りまする」

　この場にはいない弟に代わって、半蔵は頭を下げる。

　範正は半蔵に約束した通り、自力で調べを付けていたのだ。

　小十人組に捕えられた四人は隙を突いて舌を嚙み、範正に斬られた一人も身元が分かるものは所持していなかったという。

　それでも素性が判明したのは、死んだ男たちの顔を範正が以前に見覚えていたのがきっかけだったという。

「矢部が火盗改を務めておったのは存じておるな、笠井」

「はっ。都合三度も拝命されたと聞き及んでおりまする」

「それもそのはずじゃ。あやつ自身も猛者と評判を取ったものだが、何より手下《てか》の与力と同心が粒揃いであったからのう」

火付盗賊改は若年寄直属の特別警察であり、町奉行所では手に負えない盗賊の探索と捕縛に専従する与力と同心は長官と同様に、御先手組の精鋭たちの中から選ばれる。大手御門前で良材を襲撃した五人の賊は、かつて矢部定謙の下で火盗改の同心として活躍していた面々だったのだ。

「相手が斬り捨て御免の火盗あがりとなれば、そのほうが手こずったのも無理はあるまい」

「は……」

半蔵に異論は無い。

たしかに、あの五人は手強かった。

火盗改では町奉行所の捕物と違って強行突入が当たり前で、凶悪犯に手向かいされれば生け捕りにすることなく速攻で斬り捨てる。そのため現場要員の同心は自ずと人を斬り慣れており、半蔵が苦戦を強いられたのも思えば当然だった。

「範正が言うておったぞ。あやつらの一人を出合い頭に斬って倒すことが叶《かの》うたのは腕の違いには非ず。以前に道場破りに乗り込んできおったのを相手取りし折の手の内を覚えていたからだそうじゃ。面体ともどもに、な」

「弟が、左様なことを……」

「良き弟を持ったものだの」

微笑む良材は、知り得たことを包み隠さず話してくれている様子だった。

賊の正体だけでなく半蔵がなぜ苦戦したのかも、そして範正が一刀の下に倒すことができた理由まで明かす真意は何なのか。

考えあぐねる半蔵に、ふっと良材は笑いかけた。

「そのほうの剣はあやつらに劣ってはおらぬ。範正はそうも言うておった」

「弟が……でありますか？」

「自分たちは人斬りがお役目なれど、兄は違う。攻めるよりも護りに長《た》けし剣の使い手なれば、密なる命を果たすに不足はないとな」

「拙者の剣は護りの剣である、と……」

「左様」

にっと笑うや、良材は背後に手を伸ばす。

脇息を引き寄せるのかと思いきや、取り出したのは一振りの刀だった。

「そ、それは拙者の」

いつの間に持ち出されたのか。

「家宝の正宗と聞いておる。ちと拝見するぞ」

いたずらっぽく微笑みつつ、良材は鞘を払う。

淡い灯火を照り返し、二尺二寸の刀身がきらめく。

「うむ、頼もしき一振りだのう」

恥じ入る半蔵をよそに、満足げに良材はつぶやいた。

「斬れぬ刃引きなればこそ相手の命を奪うことに拘泥《こうでい》せず、打ち倒すのみに専心して戦えるという次第か……差し替えたのはそのほうの存念かの？」

「は、ははっ」

半蔵は口ごもりながらも首肯《しゅこう》する。

まさか同門の弟弟子が勤め先の北町奉行所からちょろまかしてきた、捕物出役用の備品であるとは明かせない。

「良き心がけじゃ。結構、結構」

子細まで問おうとはせず、良材は幾度もうなずく。

「眼福であったぞ。ほれ、受け取れ」

返して寄越した刃引きには、懐紙の包みが添えられていた。

「これは……」

「正宗の研ぎ代じゃ。納めるがいい」

「お、多すぎまする」

「いいから取っておけ」

慌てる半蔵に手を打ち振りながら、良材は鷹揚《おうよう》に微笑んだ。

包みの厚さから察するに、小判で五両はあるだろう。

形《なり》が大きいばかりで価値のない百文銭を頂戴しても有難みはないが、五両とは過分もいいところだった。

以前に俊平から聞いたことがあるが、町奉行所の同心が罪人の首打ち役を仰せつかったときに授かる刀の研ぎ代は一両の半分——たったの二分だという。

名刀の正宗を、それもささらの如くに成り果てたのを修復するには当然ながら手間賃もかかるが、五両もあれば十分すぎる。

どうやって佐和に内緒で金策をしようかと悩んでいた矢先だけに有難い限りであったが、果たして素直に受け取ってもいいものか。

いろいろと前置きしながらも、良材は半蔵に密命とやらを何としても引き受けさせるつもりでいるのだ。

勘定所の役儀を越えた命令であれば、当然ながら家族にも明かすことなく事を為さねばなるまい。

しかも半蔵の剣の腕を褒めそやしたということは、荒事を伴うはず。五両に釣られて命を落とす羽目になってはたまらない。

良材の機嫌を損ねぬように気を付けつつ、半蔵は慎重に問い返した。

「慎んでお伺いいたしまする、お奉行」

「申せ」

「畏れながらお奉行には、拙者に人を斬れとの仰せにございますのか」

「ははは、埒もない」

緊張した面持ちの半蔵を良材は笑い飛ばす。

「そのほう、刃引きで人斬りをいたすつもりかの?」

「い、いえ。これなる一振りは借り物にございますれば……」

「ならば貸し主に値を聞いて購《あがな》うことじゃ。さもなくば別の刃引きを遣わそう」

「お奉行……」

「儂はそのほうに殺しを命じるつもりはないぞ。逆に、人を生かすために働いてもらいたいのじゃ」

まったく訳が分からない。

「如何なることでありましょうか……」

困り果てて半蔵は問いかけた。

「そのほうに頼みたいのは警固である」

続く良材の一言は、これまで口にしたことにも増して意外極まるものだった。

「矢部の身を護ってはくれぬか、笠井」

「左近衛将監様を……でありますか!?」

半蔵は絶句した。

今の今まで、斬れと命じられるものとばかり思っていたのだ。

子細までは定かでないが、矢部定謙は勘定奉行の命を狙って刺客を差し向けてきた相手である。良材にとって敵以外の何者でもない。

その敵を警固せよとは一体どういうことなのか。

「矢部が三年前まで勘定奉行の職を務め居りしことは存じておろう」

良材は勿体《もったい》を付けることなく理由を明かしてくれた。

「ははっ」

「あやつは知勇兼備の逸材じゃ。惜しむらくは短慮が過ぎるが……のう」

遠い目をして良材はつぶやく。

半蔵も納得のいく話であった。

定謙は大坂で町奉行として民政に携わったのみならず、江戸では勘定奉行として、実績を残している。

それほどの人物が、出世をしくじったとはいえ、刺客を差し向けるほど血迷うとは信じ難い。

それにも増して解せぬのは、良材がなぜ自分の命を狙った定謙を護らせようとするのかであった。

訳の分からぬことばかりだが、答えを聞くのは憚《はばか》られた。

半蔵は良材の配下の一人、それも百五十俵取りの平勘定。自分より下の役職である支配勘定の御家人と比べても五十俵しか禄高が違わない、ほんの小役人だった。

何であれ奉行の命令には逆らえぬし、過分な報酬まで寄越されたとなれば引き受けぬわけにもいくまい。

されど、最後にこれだけは確認せずにいられなかった。

「今一つだけお教えくだされ、お奉行」

「何じゃ」

「左近衛将監様は噂通りのお方なのでありましょうか。それとも……?」

意を決して尋ねたのは、護るべき値打ちの有無を知るため。

世間で定謙が噂されているのは、出世をしくじったことだけではない。

左遷され続けて三年、ついに名ばかりの役目である小普請支配に成り果てて乱行が目立つようになり、先頃には南町奉行所の同心の娘を無理無体に妾にしたとも半蔵は耳にしていた。

そのような体《てい》たらくでは、かつて勘定奉行を務めた傑物といえども敬意を払うには値するまい。

良材に刺客を差し向けた一件については、狙われた当人が不問に付すつもりでいる以上は半蔵にも口を挟むつもりはなかった。

しかし、定謙自身の人格が怪しくては話になるまい。

誰に狙われていて警固の必要があるのかはともあれ、尊敬に値せぬ男のために命を張る気にはなれないからだ。

「お答えくだされ」

食い下がる半蔵の語気は強い。

対する良材は押し黙っていた。

淡い灯火の下に皺だらけの、それでいて精悍な顔が浮かんでいる。

現職の勘定奉行が何故に前任の、しかも出世の道から外れてしまった男のことを気にかけて、配下で腕利きと見込んだ半蔵に密命を下してまで護ってやろうとするのか。

この疑問にだけは、答えが欲しい。

半蔵はじっと良材を見返した。

浅黒い顔を引き締め、大きな目を見開いている。

その鋭い視線を受け止めて、良材は身じろぎもせずにいた。

「あやつは気の毒な男なのだ、笠井」

暫《しば》しの間を置き、良材は言った。

「気の毒……でありまするか?」

「哀れと言うたほうがいいやもしれぬ。ともあれ、よしなに頼むぞ」

思わぬ答えに唖然とする半蔵に重ねて告げると、良材は背後に置いていた脇息を引き寄せた。

肘《ひじ》をもたせかけ、凝《こ》った首をこきこきと鳴らす。

話が終わったことを態度で示したのである。もはや食い下がる余地はなかった。

三

勘定所の門を出たとき、表には濃い闇が立ち込めていた。

探索に赴くにはお誂《あつら》え向きの夜である。

半蔵が真っ直ぐに帰宅せず、上野の山の裾野に位置する下谷まで足を延ばしたのは矢部定謙の住む屋敷を見張るためだった。

執務用の裃から装いを改め、筒袖の着物と野袴に大小を帯びている。いずれも黒染めで、夜間には目立ちにくい。

武士が旅をするときも重宝される野袴は、並の袴より細身に仕立てられている。

隠密行動を取る上で申し分のない装束を半蔵に提供してくれたのは、他ならぬ梶野良材であった。

(俺はお奉行にハメられたのかもしれぬなぁ)

今にして思えば、そういうことなのだろう。

良材は半蔵に断られるとは最初から考えもせず、密命を遂行させるための備えと報酬を前もって用意させておいたのだ。

御庭番めいた装束に着替えをさせられても、刀だけは自前のものである。

半蔵は本身を用いず、斬れぬ刃引きを用いてこそ真の強さを発揮できる。そう見込まれればこその措置だった。

人斬りではなく警固が使命であれば、たしかに本身など必要なかろう。

人を殺さずに済むのは有難いが、いろいろと面倒な点も多い。

警固役を命じられたとはいえ、半蔵は定謙には引き合わされていない。

護られる当人も存在を知らぬ影の護衛として働く以上、正面から屋敷を訪ねるのも控えなくてはならなかった。

良材から念を押されるまでもなく、半蔵もそう願いたいところである。

護る相手の定謙は火盗改あがりの猛者《もさ》であり、壮年になった今も気の荒さは昔のままだという。剣の腕も相当に立つとのことだった。

護衛をするつもりで身辺に張り付いていて刺客と間違われ、バッサリ斬られてしまってはたまらない。

厄介な役目と言わざるを得まい。

良材はあれから脇息にもたれかかったまま、半蔵に以下の点を指示した。

一．矢部家の屋敷を見回るのは日に二度、早朝と夜間のみで構わない
一．あくまで気取《けど》られぬように振る舞うべし
一．報酬は日に一分。報告と引き換えに日当として与えるものとする

勘定所勤めに障《さわ》りが出ないようにさせてもらう上でも、一番目の条件は好都合なものであった。

定謙とてまったく無防備なわけではなく、屋敷には幾人もの家士が詰めていて護りはもとより固いはず。夜遊びをしたり、南町奉行所の同心の娘を住まわせているという妾宅まで出かけるときも同じだろう。

にも拘わらず半蔵に警固を命じた真の理由だけは、良材も明かさなかった。

分からぬ以上、答えは推測するより他にない。

(もしや、お奉行は謎を掛けているのではあるまいか)

警固を命じたのは名目に過ぎず、実は定謙が二度と刺客など差し向けぬように半蔵に見張らせるのが真の狙いではないのか。

いろいろと調子のいいことを言っていたが、良材とて一番可愛いのは我が身のはずである。

さりとて、配下である半蔵に手放しに助けを求めるのは体裁が良くない。

そこで一計を案じ、見当違いの刺客を差し向けるほど常軌を逸している定謙を気の毒がっているような言い方をした上で、体のいい見張り役を押し付けたのだと考えれば納得も行く。

(上《うえ》つ方《かた》とはやりにくいものだな……)

夜道を歩きながら、半蔵は苦笑を禁じ得ずにいた。

定謙を何とかしたいのであれば、最初からそう言えばいい。

にも拘わらず、持って廻った言い方で半蔵を動かしたのだ。

思えば腹立たしい限りだが、これも腕を見込まれたが故のこと。襲われた奉行を助けに入ったがために、このような結果に至るとは思ってもみなかった。

ともあれ、引き受けたからには全力で事に当たらねばなるまい。

半蔵は黙然と歩みを進める。

下谷に着いたときは夜五つ（午後八時）に近くなっていた。

昼の弁当を済ませた後、半蔵は何も腹に入れていない。

(飯を食っておくべきだったかな)

久しく足を運んでいない『笹のや』が恋しかった。

もちろん、お駒の顔も見たい。

しかし、梅吉のことを思えば気軽に行くわけにはいかない。

あの夜、窮地を救われていながら梅吉は一言の礼も口にすることなく半蔵の前から姿を消した。足取りは存外にしっかりしており、傷はそれほど深くなかったと見なしていいだろう。

問題なのは、なぜ一介の板前が屈強の侍を敵に回していたのかである。

梅吉を追ってきた一人が口にした、

『御前を狙うたのが命取り』

という言葉をそのまま受け取れば、大身旗本を襲って仕損じたためと解釈することができる。大名の家臣は主君を「御上」、旗本でも半蔵のような小禄の者であれば家臣は「殿」と呼ぶからだ。まして軽輩の御家人ならばお仕着せの羽織袴を与えて衣装を統一させる家士など最初から召し抱えてもいない。やはり梅吉が狙ったのは旗本でも大物の部類なのだろう。

そんな理由は察しが付いても、そもそも板前が旗本と揉め事を起こす必要など有るとは思えなかった。

（あやつ、堅気とは違うのだろうか）

二長町へ至る道を歩きながら、半蔵は首を傾げた。

(まさか裏の稼業人……いや、そんなはずはあるまいよ)

江戸市中には金ずくで殺しを請け負う連中もいるらしいが、お駒と二人きりで煮売屋を切り盛りして休む暇もない身で、裏の稼業を営む余裕があるはずもないだろう。

たしかに梅吉の鋭い目つきと備える迫力は堅気の板前らしからぬ、数々の修羅場を潜り抜けた凄味を感じさせるものであったが、食っていくに十分なだけの稼ぎがあるはずなのに、わざわざ危険と隣り合わせの人殺しを働く必要があるとも考え難い。

気にはなるが、今はそのようなことを考えている場合ではあるまい。

半蔵は長屋門の前に立った。

五百石の大身旗本だけに、なかなか豪壮な門構えだ。

百五十俵取りの笠井家とは比べるべくもなかったが、もとより半蔵は矢部定謙に嫉妬心など抱いてもいない。

人は座って半畳、寝て一畳の場所さえあれば生きてゆける。

金も名誉も、分不相応なものを手に入れたところで活かせはしない。

身の丈に合うだけの収入と肩書きさえあれば、十分ではないのか。

それは半蔵の偽らざる本音だった。

自分は笠井家の入り婿としてふさわしい男になることさえままならず、いつも佐和に尻を叩かれている立場なのである。

今でさえ大変な限りなのに、欲を抱いてどうするのか。

背伸びをしても、長続きはしないに決まっている。

そう思えばこそ、良材に必要以上の要求をしなかったのだ。

とりあえず、五両の報酬は有難い。

この小判さえあれば研ぎ師に払いを待ってもらっている代金を清算し、正宗を元通りにして佐和から大目玉を食らわずに済む。今はそれだけで十分だった。


武家屋敷では門の脇に番所が設けられており、夜間も警戒を怠らない。

不審者の侵入を防ぐだけではなく、家のあるじがお忍びで出入りするときに門を開け閉めするのも番人の重要な役目であった。

矢部邸も例に漏れず、屈強な中間が二人ずつ交代で番所に詰めている。

門を潜った先の玄関にも家士たちの詰所が有り、有事には速やかに打って出ることができるように待機していた。

得物の備えも申し分ない。

さすがに御府内で発砲が禁じられている火縄銃まで備え付けられてはいないが弓矢に槍、薙刀《なぎなた》まで揃っており、いずれも手入れが行き届いていた。

迂闊に入り込めば、無事では済むまい。

(念の入ったものだな……)

夜陰に乗じて中庭を駆け抜けながら、半蔵はそう思った。

これだけ護りが固ければ、何も自分がしゃしゃり出る必要など有りはしないのではなかろうか。

むろん影の護衛として屋敷を見張るわけだが、この警固ぶりならば斬り込みをかけられても迅速に応戦できるはずであり、半蔵が手を出す余地はない。

もっとも、忍びの術を心得た者が狙ってくれば話は違う。

半蔵は亡き祖父の定行から村垣家に代々伝わる、御庭番の技の手ほどきを少年の頃に受けていた。

村垣の屋敷に居辛くなり、剣の師匠である近藤三助方昌を頼って武州の農村で暮らしていた十代の頃に独りでこつこつと修練に励み、稽古の合間には野山を駆け巡って身に付けた術技であった。

もとより天然理心流の荒稽古で鍛えた足腰は常人よりも逞《たくま》しく、跳躍力ひとつを取っても並外れている。門番の目に付かないところで塀に跳び上がり、屋敷の庭に忍び込むのも容易《たやす》いことだった。

（さて、これからどうしたものか……）

良材の真の望みが定謙に灸《きゅう》を据え、二度と刺客を差し向けぬように懲《こ》らしめるだけならば話は早い。

このまま庭伝いに奥の寝所まで忍び込み、身動きを取れぬように締め上げた上で因果を含めてやればいい。どれほど腕が立つ相手であろうと、寝込みを襲って一対一で渡り合えば負ける気はしなかった。

されど、事はそう単純ではない。

たとえ良材が謎をかけているのだとしても、まずは警固が優先だった。

ともあれ、護るにしても屋敷の間取りを知ることは不可欠だ。

半蔵は母屋の縁側に立った。

雨戸はすべて閉じられており、明かりも漏れて来ない。

家人たちが寝静まっているのを確かめた半蔵は、左腰の刀を鞘ごと抜き取る。

縁の下に忍び込み、一晩かけて間取りの図面を作るつもりなのである。

初日から徹夜となってしまうが、幸いなことに明日は非番だった。

良材の配慮で与えられた暇とは別にもともと決まっていた休暇であり、職場の上役や同僚たちに遠慮をする必要もないし、佐和には勘定所に泊まったと言えば事は済む。

(よし、行くとするか)

ほどいた下緒で刀を背負い、すっと半蔵は身を屈める。

刹那、雨戸越しに男の声が聞こえてきた。

「誰《たれ》かある！　灯《あか》りを持てい！」

地の底から湧き上がるような、凄みを帯びた声だった。

四

声の主の正体は程なく知れた。

母屋から離れた半蔵が様子を窺っているうちに、玄関に恰幅のいい壮年の男が姿を現した。

付き従う女中たちの恭《うやうや》しい態度を見れば、何者なのかは自ずと分かる。

(あれが左近衛将監様、か……)

玄関脇に身を潜めたまま、半蔵は目を凝らす。

視線の先に立つ男は、彫りの深い偉丈夫だった。

矢部左近衛将監定謙、五十三歳。

男臭い造作と引き締まった四肢を備えた、精悍そのものの外見をしている。

そんな堂々たる姿をしていながら、目が濁《にご》っていた。

先程まで灯りも点《つ》けず寝床で酒をあおり、煙管《キセル》をふかしていたのだろう。遠間から目を向けている半蔵が嗅ぎ取れるほど、逞しい体軀《たいく》から漂い出る酒精と紫煙の臭いはきつかった。火盗改を三度も務めて武名を馳せた、輝かしい経歴を持つ大身旗本とは思えぬ体たらくである。

日頃からの不摂生のせいでもあるのだろうが、微塵も覇気が感じられない。

それでいて、声はやたらと大きかった。

「愚図愚図《ぐずぐず》するでないわ、阿呆《あほう》どもめが！」

刀を差し出す女中の袖が鞘にからみ、ほんの少し取りにくくなっただけで叱り付けるとは何とも大人げないことである。

「も、申し訳ありませぬ」

慌てて頭を下げる女中に、もはや定謙は目も呉れない。

癇癪は雪駄を履くときにも爆発した。

「馬鹿者！」

雪駄を揃えた中間が問答無用で蹴倒される。

「ご、ご勘弁くだせぇまし、殿様ぁ」

頭をすり付けて詫びる中間の言葉など聞きもせず、定謙は真新しい雪駄を窮屈そうに突っかける。

鼻緒に指が通りにくいのは、おろし立ての履物には付きものである。あるじの足の形に合わせて拡げておく気遣いを怠ったのはたしかに悪いが、何もいきなり蹴り付けることはないだろう。

急に思い立って夜遊びに出かけるあるじのせいで、女中も中間もとんだ災難を被《こうむ》っている。

この矢部定謙という男、つくづく短気な性分らしい。

気に食わぬことがあれば些細な点も見逃さず、目下の人々に対する情けも持ち合わせていない。

佐和の癇癪さえ可愛く思えるほどの傍若無人ぶりだった。

（呆れたものだ……）

胸の内でぼやきつつ、半蔵は気配を殺したまま後退する。

外出する一行の後に付いていくためには、まずは人目に付かぬように塀を乗り越えなくてはならない。

屋敷の様子を探るつもりだったのに、慌ただしいことである。

矢部定謙は思った以上に、手間のかかる人物らしかった。

二人の屈強な家士を従えて、定謙が向かったのは近くの船宿。

猪牙《ちょき》を仕立てて大川伝いに赴く先が吉原の遊郭なのか、それとも妾の待つ別宅なのかは定かでない。

いずれにせよ、離れぬように尾《つ》けねばなるまい。

半蔵は別の船宿から猪牙を借り受け、夜の大川に漕《こ》ぎ出した。

払いをするために自腹を割《さ》いた費《つい》えは、後から良材に請求すればいい。

ともあれ、今は尾行と警戒に専念するのみ。

船を漕ぐのは武州で過ごした十代の頃以来であった。

剣術と違って、すぐには勘を取り戻せない。

しかも浅瀬が多くて場所によっては歩いて渡れる多摩川と異なり、大川は格段に深くて広い。おまけに意外と流れもきつく、置いていかれないようにするだけで一苦労である。

幸いにも半蔵は夜目が利くため、船足が遅くても見失うには至らない。

定謙を乗せた猪牙は快調に大川を遡上《そじょう》していく。

吾妻橋の下を通過して程なく、徐々に舳先《へさき》を左に向け始める。

(山谷堀に入るのか……)

となれば、目的地は吉原だ。

専用の乗物を用いずに船で通うとは風流なことのようにも思えるが、大引け前にすべり込みで登楼するためなのだろうと半蔵は見なしていた。

えっちらおっちら駕籠を走らせるよりも猪牙のほうが遥かに速いし、人目にも付きにくいからだ。

交通の手段は何であれ、大胆な振る舞いと言うしかない。

大名も旗本も表向きは夜間の外出が禁じられており、まして清廉潔白な点では人後に落ちぬ水野忠邦が老中首座を務める昨今は、風紀の取り締まりが殊《こと》の他《ほか》に厳しいはず。

閑職とはいえ、幕臣の身で斯様なことを知らないはずがあるまい。

にも拘わらず、堂々と夜遊びに繰り出したのだ。

おまけに、衣装は夜目にもきらびやかな絹物ときている。

士分で大身旗本とはいえ、倹約令をあからさまに無視した装いだ。

奢侈の禁制と風俗の矯正を唱えて止まない忠邦の幕政改革を、頭から否定しているとしか思えなかった。

どうやら定謙は忠邦にとことん逆らい抜こうというつもりらしい。

屋敷で大人しくしていてくれればいいのに、困ったものである。

（つくづく護りにくいお方であるな……）

半蔵は呆れる気持ちを募《つの》らせるばかりだった。

それにしても、櫓《ろ》を押すのはきつい。

体全体で調子を取りつつ、腕だけではなく腰の力で漕ぐようにしているつもりだったが、わずかでも気を抜けば猪牙は真っ直ぐに進まなくなるし、慌てて櫓を手放してしまえば大川の直中で立ち往生する羽目になってしまう。

初日から護る相手を見失ったとあっては、良材に申し開きもできるまい。

はぁはぁ息を切らせつつ、半蔵は懸命に櫓を押し続ける。

そろそろ半蔵も舳先を巡らせ、山谷堀に漕ぎ入る態勢を整えなくてはならない頃合いだった。

行き交う船は一艘も見当たらない。

先を行く定謙の猪牙に近づく船影も皆無であり、大川の上で何者かに襲われる危険は無いと見なしていい。

そんな半蔵の隙を突くかの如く、襲撃者はおもむろに出現した。

「ひっ!?」

「うわっ」

船尾で目を光らせていた護衛の家士が、そして船頭が悲鳴を上げて続けざまに大川に転げ落ちる。

川面を割って飛び出した何者かに、相次いで襟首を引っつかまれたのだ。

「く、曲者《くせもの》めっ」

今一人の家士が慌てて立ち上がったが、間に定謙が座っているせいですぐには船尾に駆け付けられない。

しかも小刻みに揺れる船の上では機敏に動けるはずもなかった。

その隙を突き、黒装束の襲撃者は定謙に飛びかかった。

顔まで黒い布で覆っており、面体《めんてい》は定かでない。

背負っていたのは長脇差。武士の用いる刀と比べれば短いが、二尺近い刀身は五尺そこそこの小柄な体では扱いにくいほどの長さのはずである。

しかし、襲撃者は得物さばきに慣れていた。

左肩口に廻した柄を両手で握るや、さっと鞘走らせる。

傍らに置いていた刀をとっさに手にした定謙が抜刀するより一瞬早い、迅速《じんそく》極まる所作だった。

「うぬっ」

襲撃者の刃が唸りを上げる。

負けじと定謙は鞘を払った。

二条の刀身が音を立ててぶつかり合う。

形勢が不利なのは明らかに定謙だった。

「う……ぬ……」

体の均衡《きんこう》を崩さぬように腰を沈め、両足を懸命に踏ん張ってはいるが、今にも船上から転げ落ちそうである。

ひとたび水中に没すれば逞しい体格を備えていても意味はない。小回りの利く敵に押さえ込まれ、一突きで仕留められるのが目に見えていた。

まして定謙は屋敷を出る間際まで痛飲していたのが災いし、本来は鍛《きた》えられているはずの腕が満足に発揮できていない。

とっさに抜き合わせたのは見事と言えようが、このざまでは長く保《も》たぬのが目に見えていた。

悠長に櫓を押していては、間に合うまい。

「くっ！」

だっと半蔵は船縁《ふなべり》を蹴り、大川に身を躍らせた。

抜き手を切って、ぐんぐんと迫っていく。

船尾に飛び上がったとき、襲撃者は嵩《かさ》にかかって定謙に長脇差を押し付けんとしていた。

すでに定謙は片膝を突き、小柄な敵に抗しきれなくなりつつある。

家士も何とか斬りかかろうとしているものの、あるじの体が邪魔になって加勢ができぬままだった。

もしも半蔵が大川に猪牙を漕ぎ出してまで後を追わなければ、黒装束の襲撃者の目的は達せられていたことだろう。

戦いの場に割って入った半蔵も、定謙が真に護るべき値打ちのある人物なのかどうかは分かっていない。それでも、すぐ目の前で人が斬られそうになっているのを見逃すわけにはいかなかった。

「来――い！」

襲撃者に向かって大喝を浴びせるや、背中の刃引きを抜刀する。

背負った状態から鞘走らせるときには芝居で行われるように右肩からではなく左肩に柄を持って来なければ上手くいかないことは、子どもの頃に弟の範正と興じていたチャンバラごっこの経験から承知の上だった。

予期せぬ加勢の出現に襲撃者は慌てていた。

定謙を圧《お》し斬ろうとしていた長脇差を閃かせつつ、船尾に躍り上った半蔵へと向き直る。

次の瞬間、鋭い金属音と共に二尺足らずの刀身が砕《くだ》き折られた。

敵の得物《えもの》を無力化させた刹那、がっと半蔵は手首をつかむ。

形勢が逆転したとたん、定謙が襲撃者を背中からバッサリ斬り下げようとしたのを察知したのである。

相手が誰であれ、武士にあるまじき卑怯《ひきょう》な振る舞いだ。

半蔵は考えるより先に体が動いていた。

たゆたう大川の波音を裂き、重たい金属音が上がった。

横一文字にした刃引きに右手を添えた『鳥居之太刀』で、定謙の凶刃を阻《はば》んだのである。

「うぬっ、こやつの仲間かっ⁉」

力任せの斬撃を弾き返され、たたらを踏んだ定謙が怒号を上げる。

半蔵が返したのは二言のみであった。

「今宵はお屋敷へ戻られるがご賢明でありましょう、左近衛将監様」

「何だと？」

「今少し、ご家中の方々がお仕えする甲斐のあるお振る舞いをなされませ」

そう忠告するや、さっと大川に身を躍らせる。

襲撃者の手首を再び摑み、共に飛び込んだのだ。

呆気《あっけ》に取られて立ち尽くす定謙には、もはや目も呉れない。

これほど失望させられる相手には、かつてお目にかかった覚えがなかった。

良材に無礼を承知で問い質《ただ》したい。

あのような男に、護ってやる値打ちがあるのだろうか。

独りで襲撃に及んだ、この者のほうがよほど男らしい。

明日にも五両を叩き返し、影の警固役など降りてやる。

老獪な良材に乗せられて、愚かな役回りを演じてしまった自分が情けない。嫌悪の念で胸を一杯にしながらも、捕らえた襲撃者を逃がすことなく、乗り捨てた猪牙に向かって半蔵は泳ぎ続けるのだった。

第四章　それぞれの本音

一

半蔵の漕ぐ猪牙が大川を下っていく。

更け行く夜の静寂の中、聞こえてくる櫓音は落ち着いたものだった。

後を追ってくる船影は見当たらない。

去り際に言い放った半蔵の警告が効いたのか、それとも第二の襲撃を恐れてのことなのか、矢部定謙は追跡を諦めたらしい。

捕らえられた襲撃者は無言のまま、船の真ん中に座っていた。

全身をずぶ濡れにしていながら、黒装束を脱ごうともせずにいる。

頰被《ほおかむ》りをしたままの手ぬぐいの結び目から、水滴がぽたぽたと滴《したた》り落ちる。

濡れ鼠《ねずみ》になっているのは半蔵も同じだった。

桜の時期を迎えたとはいえ、今宵も花冷えがきつい。

汗ばむ昼日中は心地よい川風も、今は身に堪えるばかり。

時折ぶるっと肩を震わせながら、半蔵は黙々と櫓を押し続けた。

警固すべき定謙を見捨てた上、去り際に暴言まで浴びせたことを悔いてはいない。

やり方はどうであれ、半蔵はあの男の命を救ったのである。密命を果たしたことに違いはない以上、何も恐れるには及ぶまい。

問題なのは、身柄を押さえた襲撃者をどのように処理するかであった。

それも他人任せにせず、半蔵自身の手で始末を付けなくてはなるまい。

町奉行所に突き出すだけで済めば話は早いが、そんな真似をすれば定謙の名前に瑕《きず》が付いてしまう。

ただでさえ出世をしくじって酒食遊興に耽《ふけ》り、世間から笑い物にされており、火盗改の長官から勘定奉行に成り上がった傑物としての名声も地に堕《お》ちて久しいというのに、刺客にまで襲われたとなれば悪い評判が増すのは目に見えている。

命を狙われるのは後ろ暗い証拠であり、所詮《しょせん》は悪人だから清廉潔白な水野忠邦に嫌われたのだ、誰からも自業自得と見なされてしまうだろう。

かかる結果を招けば定謙を護ってやりたい梶野良材の怒りを買い、半蔵の立場まで危うくなるのは必定だった。

それに、定謙を殺したいほど憎んでいるのが一人だけとは限るまい。

さすがに定謙も今宵は屋敷に戻ったことだろうが、また懲りずに夜遊びに繰り出した折を狙い、新手がやって来る可能性は否めない。そんな第二、第三の襲撃者が出現したときに半蔵は備えておく必要があるのだ。

嫌々ながらも良材との約束に従って警固を続けなくてはならぬ以上、不安の種は除けるときに除いておく必要がある。

二度と定謙に手を出さぬと約束できるのであれば、岸に着いたところで黙って逃がしてやってもいいだろう。

しかし、目的を遂げるまで何度でも挑むと言い張れば、気の毒だが引導を渡さなくてはなるまい。

(斬りたくはないものだ)

粛々と猪牙を漕ぎ進めながら、半蔵はそう思わずにはいられなかった。

半蔵が本身に不慣れなのは、何も扱い方を知らぬからではない。

無二の師だった近藤三助方昌から、生前にこう言われていたのだ。

（我らが真の敵と見なし、斬り尽くさねばならぬのは畏れ多くも上様に対し奉《たてまつ》り弓を引かんとする輩のみ。取るに足りぬ小者は捨て置き、ゆめゆめ無益な殺生《せっしょう》に及んではならぬ……か）

それは亡き三助に限らず、同門の多くの人々に共通する認識であった。

天然理心流は開祖の近藤内蔵之助長裕の代から武州の一帯――後の世の東京都調布市、府中市、日野市、八王子市などに当たる村々に根付いて久しい。

いずれも江戸とは日帰りで行き来ができる距離であり、どの村人も諸国の天領の中で将軍家のお膝元に最も近い地にて暮らし、上様のお口に入る米を作っているのだという、強烈な自負《じふ》を持っていた。

なればこそ幕府に危機が及んだときは一斉に立ち上がり、太平の世で弱くなる一方の武士に代わって戦うべく、野良仕事で忙しい合間を縫って武芸の修行に励むことを厭《いと》わずにいるのである。

将軍の身に危険が迫ったとき、矢面《やおもて》に立つのは本来ならば直参の義務。その見返りに幕府は俸禄を支給し続け、無役になっても最低限の家禄だけは保障してやっているのだが、旗本も御家人も役立たずの穀潰《ごくつぶ》しが多すぎる。

ならば刀の抜き差しさえ満足にできない直参など最初から当てにせず、いざというときに備えて励んでいればいい。

左様な思想が自然と生じた武州だからこそ農民が武芸を学ぶのを馬鹿にしない近藤長裕を開祖とする天然理心流は歓迎され、古流剣術の伝統を受け継ぐ実戦性の高さが評価されたこともあって、たちまちのうちに各村に広まったのだ。

そんな武州の地で多感な十代を過ごしながら天然理心流の荒稽古に打ち込んできた半蔵は、まだ師匠が言う「真の敵」に出会っていなかった。

我が身を護るために刀を抜いても、好んで相手を殺害したいとは思わない。

たとえ相手が犬や猫であっても、殺生は罪深いことである。

まして人を手にかけるには、よほどの理由が必要だ。

むろん、武士ならば主君のために時として人を斬らねばならないが、今はそのときとは違う。曲者とはいえ殺すには忍びないと半蔵は考えていた。

あの乱行ぶりでは定謙が人から恨みを買うのは当然であるし、この者もしかるべき理由があって刃を向けたはず。

半蔵にも納得の行く動機で襲ったのであり、定謙の命を取るのを諦めてくれるのならば逃がしてやりたい。

そう考えながら吾妻橋の下を通過し、両国橋の近くまで船に乗せて来たのだが黒装束の襲撃者は半蔵に背を向けたまま、ずっと沈黙を保っていた。

それにしても、寒い。

昨夜にも増して花冷えが厳しい中、濡れたままでいるのだから歯の根が合わぬのも当然だった。

（こやつも凍《こご》えておるのだろうな）

震える背中を半蔵は無言で見やる。

濡れた装束が肌に貼り付いていた。

泳ぎながら肩を抱いていて感じたことだが、男にしては妙に柔らかく、骨太さを感じさせない。とりわけ下肢は肉置《ししお》きが豊かであり、淡い月明かりの下で尻のまるみが目に付いた。

まさか女人ではあるまいと思いつつ、半蔵は慌てて視線を逸《そ》らす。

お互いに、このままでは風邪《かぜ》を引いてしまう。

意を決して半蔵は問いかけた。

「そなた、住まいは何処《いずこ》なのだ」

「…………」

「送って遣わす故、申せ」

重ねて問いかけても答えは無い。

じっと膝を抱え、押し黙っているばかり。

「約束せい」

半蔵は辛抱強く、続けて呼びかけていた。

「左近衛将監……矢部定謙様に二度と手を出さぬと約定いたさば、そなたの命は取るまいぞ」

「…………」

「最寄りの河岸まで送ってやろう。何処なのだ、ん？」

努めて優しく語りかけても、やはり答えは返ってこない。

堅く口を閉ざしたままで、半蔵に向き直ろうともせずにいた。

（こやつ、まだ疑うておるのか）

さすがに半蔵も焦《じ》れて来た。

経緯はどうあれ、こちらは命の恩人なのである。

感謝しろとまでは言うまいが、逃がしてやると言われていながら何の反応も示さずにいるとは如何なることか。

「だんまりを決め込むならば勝手にせい。そなたが行く先を申すまで、どこまでも漕いで参るぞ」

苛立った声で告げるや、半蔵は櫓を押す腕に力を込める。

猪牙は両国橋の下を通過した。

行く手に見えてくるのは新大橋。

このまま進んでいけば、永代橋を経て江戸湾口へと至る。

いつまでも川の上にいては冷えた体を温められぬばかりか、船番所の巡視船と出くわす恐れもあった。

不審者を乗せていると役人に見咎《みとが》められたときは、もはや身柄を引き渡さざるを得ないだろう。

できれば助けてやりたかったが、当人の反応がこれでは話にならない。

（ええい、勝手にせい）

腹を括った半蔵は寒さに耐えつつ、ぐんぐん猪牙を漕ぎ進める。

濃い宵闇の中、猪牙は新大橋を通過した。

向かって左手に見えてきたのは、大川とつながる小名木川《おなぎがわ》の河口に架かる万年橋《まんねんばし》だ。

弟弟子の高田俊平が私淑している南町奉行所の元与力、宇野幸内《うのこうない》が近くに隠居所を構えていた。

（いっそのこと、宇野のご隠居にお任せするか……）

幸内は若い俊平を気に入って、折に触れて捕物を助けているという。

勘定所勤めの半蔵は俊平を通じて面識こそあるものの、今まで幸内の世話になったことが一度も無い。

夜更《よふ》けにいきなり訪問しては無礼であろうが、自分だけでは手に負えぬ難物を抱えていては止むを得まい。

（あのご隠居ならば、力になってもらえるやもしれぬ）

半蔵はそう判じるや、すっと視線を巡らせる。

「そなた、江戸に居着いて長いのか」

黒装束は無言でうなずく。

一言も発さないのは相変わらずだが、初めて示した反応だった。

半蔵は淡々と、その背に向かって呼びかけた。

「ならば、鬼仏《おにぼとけ》の幸内と評判を取った御仁《ごじん》を存じておろう」

「…………」

「知らぬとあれば教えて遣わす。かつて南町にて吟味方を務められし、辣腕《らつわん》の与力の異名だ」

沈黙したままでいるのに構わず、半蔵は言葉を続けた。

「鬼仏とは書いて字の通り、鬼と仏の両面を併《あわ》せ持つということだ。閻魔《えんま》大王が地蔵菩薩と一体であるのと同様に、な……捕えられし罪人が無実と判じれば何者に逆ろうてでも仏となりて裁きを覆し、逆に怪しいと見なさば巧妙に罪を逃れんとするを許さずに鬼と化して追い詰める。斯様な御仁が、このすぐ近くに隠居所を構えておられるのだ」

「…………」

「俺も昵懇《じっこん》に願《ねご》うておってな。そのほうを引き渡したいとお頼みいたさば嫌とは申されまい。鬼と仏……さて、宇野殿はいずれの顔をそなたに見せるかな」

余裕の態度で告げつつ、半蔵は舳先を巡らせる。

このまま答えが無ければ船着場に猪牙を寄せ、有無を言わせずに幸内の隠居所へ連れて行くつもりなのだ。

「ふっ、久方ぶりだな……」

小名木川に漕ぎ入りながら、つぶやく口調は懐かしげだった。

「まさか南町の鬼仏と謳《うた》われし宇野殿がお役目を辞し、八丁堀の組屋敷をお出になられるとは思わなんだものよ。あれはいつのことであったかな……」

「……一昨年《おととし》の暮れでありましょう」

「え？」

櫓を押す半蔵の動きが止まる。

おもむろに返された声は聞き覚えがある。

半蔵は思わず櫓から手を離し、猪牙の中央へと歩み出た。

応じて、黒装束は頰被りを取る。

豊かな黒髪、そして白い首筋が露《あら》わになった。

半蔵の急《せ》いた動きで船が揺れる中、身じろぎもせずに向き直る。

「そなた……」

再び両の肩を摑まんとした格好のまま、半蔵は絶句した。

「お、女将……」

梅吉の件で覚えた疑念が当たってしまった。

できれば間違いであってほしかった。

「ご隠居様には合わせる顔がありませぬ。それだけはご勘弁くださいまし……笠井の旦那」

凜とした目で半蔵を見上げるお駒の表情は硬い。いつも『笹のや』で目にしていた優しい笑みとは違う、苦渋と疲労に満ちた面持ちだった。

二

小半刻後、猪牙は道三堀の船着場に横付けされた。

「梅吉は何をしておるのだ？」

竿を置き、半蔵はぎこちなく問いかける。

「大事を取って寝かせてあります」

対するお駒は落ち着いたもの。

「それで独りきりで仕掛けたのか……無茶をしたものだな」

「あたしたちの気持ちなんか、お旗本の旦那にはお分かりになりませんよ」

「そう申すな」

日頃と違う硬い態度に戸惑いながらも、半蔵は猪牙を棒杭《ぼっくい》にもやった。

「さ、つかまるがいい」

先に船着場に降り立ち、続くお駒に手を伸ばす。

しかし彼女は取り合わず、とんと猪牙の船縁《ふなべり》を蹴って跳ぶ。疲労と寒さで動くのもままならぬのではないかと思いきや、軽やかな体さばきだった。

ともあれ、このまま帰すわけにはいくまい。

なぜ矢部定謙を襲ったのかについて、お駒は一言も語らずにいる。

先夜に大川堤で梅吉を斬ろうとしたのが矢部家の家士たちであり、彼も自分と目的を同じくする仲間だとは明かしてくれたものの、定謙を亡き者にしたい理由だけは頑として喋ろうとせずにいた。

むろん、二度と手を出さぬと約束してくれてもいなかった。

今後も定謙の警固を続ける上で、不安の種は除いておかねばならない。

馴染んだ店の女将と板前であろうと情けは禁物だ。黙して語らずにいる理由が何であれ、二度と定謙を襲わぬように釘を刺しておかねばなるまい。

無言で後に付いてくる半蔵を、お駒は追い払おうとはしなかった。

もとより、寸鉄も帯びてはいない。

得物の長脇差は半蔵に叩き折られ、残った柄も逃げ出すときに大川に落としてしまい、黒装束の懐に呑んでいた短刀も半蔵に取り上げられた後である。

河岸から道に上がった二人は前後になり、黙ったまま歩みを進める。

お駒の後に続く半蔵の表情は冴《さ》えない。

正直に言えば、このまま帰してしまうのは惜しい。

しかし、船の上では何もできずじまいだった。

逆らう余地など皆無のはずなのに、お駒は気丈そのものだからである。

懐中に短刀を隠し持っているのに気づかれて渡すときも肌身には指一本触れさせようとせず、こちらの手の動きをじっと見張っていた。

他の男ならば猪牙を大川の直中まで漕ぎ出し、逃げられぬようにした上で慰《なぐさ》み物にしていただろうが、半蔵には無理なこと。

思いがけない正体を知った今も、お駒に寄せる想いは変わらずにいる。

（これが惚《ほ》れた弱みというやつか……）

溜め息を吐《つ》きつつ、半蔵は『笹のや』の前に立つ。

表に縄暖簾《なわのれん》は掛かっていなかった。

お駒は店を閉めた上で定謙の暗殺に出向いたのだ。

板前の梅吉が手傷を負わされていては、もとより商売にはなるまい。半蔵が足を向けずにいた二日の間、ずっと『笹のや』は休業したままだったのである。

お駒は無言で障子戸に歩み寄る。

屋内には灯りひとつ点っていない。

夜更けともなれば、戸締まりをして眠り込んでいても不思議はない。中に入るには声をかけ、留守番の梅吉に起きてきてもらうしかなかった。

お駒が呼びかけようとした刹那、すっと半蔵は背後から手を伸ばす。

「旦那!?」

「下がっていなさい……」

戸惑うお駒の耳元でささやくと、半蔵は障子戸に手をかける。

閉じられた障子が、わずかに開く。

しんばり棒が掛かっていないのだ。

あの隙の無い梅吉が、戸締まりを怠ったまま眠り込んでしまうほど無用心なはずがあるまい。

半蔵は足元を蹴って飛び退《すさ》る。

刹那、障子紙を破って凶刃が飛び出した。

土間に身を潜め、灯りを点けずに待ち受けていたのは三人の家士。

先夜に大川堤で梅吉の口を封じようとして半蔵と出くわし、刃引きで打ち倒されたのと同じ顔ぶれだった。

「おぬしたちか……先夜に今少し、懲らしめておくべきであったかな」

お駒を後ろ手にかばいつつ、半蔵は鋭く告げる。

「ほざくでない！」

苛立たしげに怒鳴り返すや、店の表に出てきた家士頭は刀を振りかぶった。

「うぬ、覚悟せいっ」

「今宵こそまとめて引導を渡してくれるわ！」

配下の二人も夜道に躍り出るや、口々に威嚇《いかく》の声を上げる。

三人組は梅吉の居場所を突き止めて寝込みを襲い、不在にしていたお駒のことまで仕留めるべく、待ち伏せていたのである。

すでに梅吉は家士の一人に捕まっていた。

「あ、姐《あね》さん！　あっしなんぞに構わねぇで逃げておくんなせぇ!!」

半蔵には目も呉れず、梅吉は懸命に叫ぶ。着流しの前と裾が乱れ、傷口に巻かれたさらしに血がにじんでいる様が痛々しかった。

「何をお言いだい、梅さんっ」

お駒は目を見開いて答える。

「生きるも死ぬも一緒と誓った仲じゃないか！　あんただけを先に逝《い》かせるわけにゃいかないよっ」

告げると同時に、がっと半蔵を羽交い絞めにする。

「な、何をする⁉」

「拝借しますよ、旦那」

お駒が手にしたのは取り上げられた短刀ではなく、帯前の脇差だった。

逆手に握り、峰を腕に沿わせるようにして構える。

「うぬ、手向かうかっ」

「当たり前だよ。てめぇらサンピンに舐《な》められてたまるかってんだい！」

凄みを帯びた声で啖呵《たんか》を切り、お駒は家士たちを睨み付ける。

店に出ている可憐な姿からは想像も付かぬ、男勝りの態度である。

手負いの梅吉を人質に取られていながら、まったく動揺している様子が無い。

最初から見捨てているのではなく、すぐ取り返せると踏んでいたのだ。

その自信は、半蔵の存在を考慮に入れたものだった。

「旦那」

「うむ？」

「お前さん、あたしを護ってくれるかい」

「かくなる上は止むを得まい……」

「頼もしいねぇ。そう言ってくれると思ってたよ」

にっとお駒は微笑んだ。

修羅場に身を置いていながら、微塵も動じていなかった。

半蔵に助けを求めたのを、もとより恥とも思っていない。

彼女は自らも戦うつもりなのだ。

男任せにせず、自分も得物を手にしているのだ。

しかし、今は手が足りない。

人質に取られた梅吉を奪還し、三人組を蹴散らすのには助けが必要だ。

他の者には頼めぬことだが、こちらに惚れている半蔵ならば頼ったところで恥じるには及ぶまい。

そんな思惑を察した上で、半蔵は戦う決意を固めていた。

(惚れた弱みとは難儀なものだな)

自嘲したい気分になりながらも、加勢するのは理由があった。

なぜ三人の家士が梅吉だけではなく、お駒まで付け狙うのかが分かったのだ。

「おぬしたち、矢部左近衛将監に仕えし身であろう?」

ずいと前に踏み出しながら、居並ぶ敵に向かって問いかける。

「ば、馬鹿を申すなっ」

「左様な御仁など存じておらぬ!」

　口々に否定する家士たちは羽織の両胸と背に小裂の布を貼り付け、刺繡された家紋を隠していた。表沙汰にはできない襲撃に際し、仕える家が露見することを防ぐための備えである。

その小裂を剝ぎ取りもせずに、どうして正体を見抜くことができるのか。

論より証拠とばかりに、だっと半蔵は地を蹴った。

飛びかかった相手は、梅吉を捕らえていた家士である。

仲間たちが斬りかかるより早く近間へ踏み込み、鉄拳をみぞおちに打ち込む。

「うっ!?」

苦悶の声を上げてのけぞる家士の手から梅吉を解き放ち、ついでとばかりに奪い取ったのは右腰に差していた提灯だった。

むろん、火は消されている。呉服橋の『笹のや』に来るまでの間に一本を使い切ったらしく、畳んだ提灯の中に蠟燭《ろうそく》は立っていなかった。

よろめく家士の懐から替えの蠟燭が転がり落ちるのには目も呉れず。半蔵は手にした提灯を広げてみせる。

「見たぞ、三《み》つ頭左巴《がしらひだりどもえ》。矢部の家紋に相違あるまい」

「ううっ……」

三人組は杜撰《ずさん》だった。

お仕着せの羽織に刺繍されたのを隠していても、提灯を見られてしまえば言い逃れはできるまい。

江戸で夜間に外出するとき、主家の紋が入った提灯は照明としてだけでなく、身分の証しとしても役に立つ。夜四つ（午後十時）に町境を区切る木戸が閉じられてからはとりわけ便利なもので、大名や大身旗本の家紋入りの提灯さえ携帯していれば番人に通行を妨《さまた》げられることがない。

この家士たちも屋敷に戻るのが四つ過ぎになるのを見越して、わざわざ提灯を持参したのだろう。

そんな用意周到さが、今は仇になっていた。

動揺を隠せぬ三人組に対し、半蔵は冷静そのもの。

「おぬしたち、小普請支配殿にお仕えせし身で何故に煮売屋を付け狙う？　この者たちが左近衛将監様に如何なる無礼を働いたと申すのだ」

「そ、そやつらは御前のお命を狙うたのだぞ！　主君に害を為す輩を討ち取るは臣下として当然の責じゃ！」

「それは何かの間違いであろう」

「何……」

「この者たちが店を構えて一年、地道に商いを続けて参りしことは拙者が誰より承知しておる。畏れ多くも五百石取りの御大身に刃を向けるなど、ゆめゆめ有り得ぬことだ」

畳みかける口調も落ち着いている。

左腰の刃引きには、まだ手もかけていない。

三対一でも楽に倒せる相手なのは、大川堤で渡り合ったときから分かっていることである。

相手から挑んでこない限り、こちらが抜刀する必要はない。

斬り合わずに撤退させられれば、敢《あ》えて争うには及ぶまい。

そう考えた半蔵は、背後のお駒と梅吉に呼びかける。

「そなたらも退くがいい」

「冗談をお言いでないよ、旦那」

お駒は脇差を逆手に構え、今にも斬りかからんとしている。

一方の梅吉も肩を怒らせ、家士たちを鋭く睨み付けていた。

「姐さんの言う通りだぜ。余計な口出しはしねぇでもらいてぇな」

梅吉は懐から取り出した六尺手ぬぐいを拳に巻き付け、素手で渡り合う気構えを示して止まずにいる。手負いの身を顧みずお駒を護り、三人組を返り討ちにするつもりなのだ。

その心意気は天晴《あっぱ》れと言うべきだが、今は無駄に争うべきではないだろう。

それに、事情を教えてもらうまでは味方をするのもできかねた。

なぜ矢部定謙を付け狙い、配下の面々に対してまで敵意を剝き出しにせずにはいられぬのか。

納得の行く理由が無い限り、たとえ意中のお駒のためであっても半蔵は助太刀をするわけにはいかなかった。

ともあれ、今は双方を退かせるのみである。

「瘦《や》せ我慢は止せ、梅吉。傷口が開いておるのだろう」

視線を向けることなく、肩越しに告げる半蔵の口調は落ち着いている。

「そなたもだ、女将《おかみ》。早う体を温めねば身が保《も》つまい」

「くっ……」

お駒は悔しげに呻《うめ》いた。

実のところは、脇差を構えているだけで精一杯なのである。

梅吉も傷の手当てが急がれるところであった。

「息が荒いぞ。今宵は止めておけ」

重ねて窘《たしな》めながらも、半蔵は前方の家士たちから目を離さない。

大きな目に射すくめられて、三人の家士は一歩も動けずにいた。

かねてより主君の命を付け狙われている三人組としては、今宵を限りに禍根《かこん》を絶ってしまいたい。

だが半蔵が間に立っている限り、手出しはできそうになかった。

相手の強さは三人とも承知の上だ。

先夜の大川堤で失神させられ、息を吹き返したときには自分たちがまだ生きていると知って唖然としたものである。

斬れぬ刃引きを用いていればこそ、半蔵は手強い。

今度は手加減をされることなく本気で打ち込まれ、骨まで砕かれてしまうかもしれない。

ぶつかり合う前から腰が引けてしまっていては、勝てるはずもなかった。

もしも大川の上で起きた事件――定謙がお駒に襲われたばかりか半蔵から罵倒《ばとう》されたことを知っていれば、主君の恥を雪《そそ》ぐために刺し違えてでも仕留めずにはいられなかったことだろう。

しかし幸か不幸か、彼らは主君の災難を知らずにいた。

今宵の行動はすべて独断である。

大川堤で取り逃した梅吉の根城をついに突き止め、夜陰に乗じて『笹のや』に乗り込んだところまでは良かったが、手負いの梅吉だけではなく仲間と見なしたお駒まで捕らえようとしたのが災いして、二度と会いたくない相手に出くわしてしまったのだ。

できることならば、今宵を限りに禍根を断ちたい。

しかし、半蔵には歯が立たない。

退《ひ》くに退けず、攻めるに攻められず、どうにもならぬ状況だった。

そんな家士たちの葛藤《かっとう》など当の半蔵は知る由もなかったが、自分の腕を恐れていればこそ斬りかかって来ずにいるのは察しが付く。

とすれば、刺激しすぎてしまうのは逆効果だ。

窮鼠猫《きゅうそ》を嚙むの譬《たと》えの通り、追い詰められれば人は何をするか分からない。

ここは戦う気を削《そ》ぐのが一番だろう。

そう判じるや、半蔵は浅黒い顔に笑みを浮かべた。

三人の家士を馬鹿にしているのとは違う。

不器用な半蔵が精一杯作って見せた、お愛想の笑顔であった。

「ひとつ聞いてくれぬか、おぬしたち」

「な、何じゃ！」

家士頭が目を向けてくる。

その血走った目を穏やかに見返しながら、半蔵は語りかけた。

「おぬしたちにも立場があろうが、ここはひとつ、算盤違いだったということで得心してはくれぬか」

「算盤とな？」

「拙者の如く御算用者には非ざるとも、幼少の頃には習わされたであろう」

「そ、それがどうしたっ」

「算盤とは便利なようで実に厄介な代物だ。弾く玉をひとつでも間違わば、求むる値はまったくの別物になってしまう……骨折り損の極みと言うしかあるまい」

「おぬし、何が言いたいのだ⁉」

家士の一人が呆れた声を上げる。

訳の分からぬ話を持ち出され、頭が混乱しているのだろう。

「ま、ま。黙って最後まで聞いてくれ」

半蔵は愛想笑いを絶やすことなく言葉を続ける。

「先程から申しておる通り、これなる女将と板前は人様を好んで傷付けたがる輩とは違う。今はおぬしらに刃を向けられて逆上してしもうておるが、平素は商売物の魚をかっさらう猫にも手を上げぬほど大人しいのだ。斯様な者どもが小普請支配殿のお命を付け狙うような大それた真似をするはずがあるまい？　おぬしらは算盤違い……弾く玉を間違うておるのではないか」

「されば、こやつらは曲者に非ずと申すのか」

「そういうことだ。勘定違いを正さねば、おぬしらの苦労も水の泡だぞ」

諭《さと》す半蔵の口調は穏やかそのものだった。

家士たちを小馬鹿にすることなく、冷静に説明している。

どれほど苦手な勤めでも、十年もやっていれば自ずと慣れる。

口下手な半蔵が立て板に水で喋《しゃべ》ることができたのも、事を手慣れた算盤の扱いに置き換えたからこそであった。

もしもお駒か梅吉が同じ譬《たと》えを持ち出せば、三人の家士は怒って斬りかかっていただろう。

しかし、半蔵の言い分には奇妙な説得力が備わっていた。

たしかに、最初の段階で誤りを犯したことに気づかぬまま先を急いだところで何の意味もあるまい。

主君の定謙を狙っているのが梅吉とお駒以外の者だとすれば、構うほど時間の無駄になってしまう。

今のうちに見込み違いと諦めて、いちから探索をやり直すべきではないか。

そんな思いに駆られ始めた機を逃さず、半蔵は力説する。

「事がご破算になってしもうてからでは取り返しがつかぬぞ。面倒であっても今のうちにやり直したほうが、おぬしたちのためになろうぞ」

「ううむ、その通りかもしれぬのう」

家士頭は釣られてうなずく。

「その通りにござる、金井《かない》様」

「今一度調べ直しましょうぞ」

配下の二人も口々に同意を示した。

「うむ。そなたらに異存が無くば、左様にいたそうぞ」

金井と呼ばれた家士頭が、ほっとした様子で言った。

三人はうなずき合うや、それぞれに刀を納める。

「雑作をかけたの、貴公」

金井は半蔵に歩み寄り、懐紙の包みを差し出す。

「些少にござるが、詫び料としてお納め願いたい」

「お気遣い痛み入る。されば、あの者の治療代ということで頂戴いたそう」

応じる半蔵も安堵の笑みを浮かべていた。

それでも油断はしておらず、お駒と梅吉が妙な真似をしないように背中越しに牽制《けんせい》し続けている。

両の手はいつでも左腰の刃引きに伸ばせる状態になっており、腰も入っていて即座に動ける姿勢である。背後からも隙が無いと見て取れるため、二人は迂闊に前へ飛び出すことができなかったのだ。

「されば、御免」

金井の一言に続いて、配下の二人も立礼をする。

半蔵の説得が功を奏し、大人しく引き上げてくれたのだ。

残るはお駒と梅吉の始末である。

始末といっても、今さら斬って捨てるつもりはない。

「しっかりせい」

背後に向き直った半蔵はよろめく梅吉に肩を貸す一方で、ぐったりしたお駒の手から脇差を取り上げる。

お駒は寒さと疲労、梅吉は傷の痛みに耐えきれず、もはや立っているのも辛《つら》くなっていたのだ。

「介抱してやらねばなるまいが、俺だけでは手が足りぬなぁ」

脇差を帯前の鞘に納めつつ、半蔵は困った顔でつぶやいた。

このまま『笹のや』に担ぎ込んでも、お駒に暖を取らせるのと梅吉の手当てを一人で同時に行うのは難しい。かといって隣近所から人を呼べば、一体何事かと不審がられるのが落ちだった。

二人の正体が何であれ、今は事を荒立ててはなるまい。話を聞き出すのは回復を待ってからでも遅くはないし、そうするのが人情であろう。

「かくなる上は止むを得ぬ……な」

溜め息を吐きながら、二人の肩を支えて向かった先は笠井家の屋敷。

これまで見ず知らずの者を連れて行ったことなど一度もない、住まいであっても我が家には非ざる場所であった。

三

暫時の後、笠井家の玄関に佐和の声が響き渡った。

「何事ですか、お前さま!?」

「騒ぐでない。存じ寄りの者たちだ」

妻に告げる半蔵の態度は、これまでと違って落ち着き払ったものだった。

「されど、何故に斯様な仕儀に……」

「話は後でいたす故、まずは手当てだ。それから湯も沸《わ》かしてもらおうか」

「お前さまこそ、そんなに濡れておいでではありませぬか」

「俺は後で構わぬ。この者を湯殿へ案内《あない》せい」

起きてきた二人の女中にも、半蔵はてきぱきと指示を出す。

「早う、焼酎《しょうちゅう》を持って参れ。傷口を洗わねばならぬ」

「は、はいっ」

女中の一人が慌てて台所に走る。

今一人の女中はお駒を抱えるようにして風呂場に連れて行き、中間が眠い目をこすりながら表の焚《た》き口に走る。残り湯を沸かし直すだけならば、さほどの時はかかるまい。

半蔵はぐったりした梅吉を抱き上げ、奥の部屋に運ぶ。

「おぬしは油紙とさらしじゃ、佐和」

「油紙をどうされるのですか」

「布団に血が付くだろう。それに怪我人は出物腫物《はれもの》ところ嫌わずだからの」

「ならば板の間に寝かせればよろしいではありませぬか」

「そう申すでない。俺の客なのだぞ」

告げる半蔵の口調は力強い。

頭ごなしに怒鳴り付けはしないが佐和に有無を言わせず、必要な支度を速やかに整えさせていく。自らも濡れ鼠になって全身が冷え切っていたが、まずは梅吉の治療が急がれる。ぐずぐずしていては開いた傷が化膿《かのう》してしまう。

部屋の火鉢に炭をこんもり足させて暖を取りつつ、半蔵は佐和に命じる。

「桶に湯を汲んでくれ」

「え？　血を洗われるのでしたら水でありましょう」

「手が強張ったままでは話にならぬのだ。早うせい」

半蔵が熱い湯で手を温めている間に、佐和は布団に横たえた梅吉の傷口を焼酎で洗浄する。

「よし、始めるぞ」

湯気の立つ両手から水気を拭き取り、半蔵は針を取る。

金創《きんそう》と呼ばれる外科の医者が用いる道具が無い以上、できるだけ細い縫い針と木綿の糸で代用するしかなかった。

「痛え！　痛えよっ」

「辛抱せい。武州の子どもならば、こればかりの傷を縫うのに泣きはせぬぞ」

泣きわめく梅吉を佐和に押さえ付けさせ、半蔵は手際よく縫い針を動かす。荒療治には違いないが手慣れたものだった。

最初は驚きと不快の念を露わにしていた佐和も、今や半蔵から言われるままに手伝っている。

それでも、お駒に対してだけは含むところがあるらしかった。

「お前さま、着替えはこちらでよろしいですね」

そう言って納戸から出してきたのは、見るからに古びた寝間着と腰紐。もしも夫婦の間に赤ん坊がいれば、おむつの材料にするしかないような代物だった。

「いかん、いかん。袖口も襟元も擦り切れておるではないか？」

「されど、相手は素町人でありましょう」

「なればこそ気を遣うべきであろう。旗本とは名ばかりで貧しき限りと後で触れ回られたら何とするのだ」

「そんな真似はさせませぬよ」

「人の口に戸は立てられぬぞ。そなたが如何に強かろうと、な」

「左様ですか……」

佐和は不承不承《ふしょうぶしょう》、まだ着古していない寝間着を出し直す。

そうこうしている間に梅吉は眠りに落ち、お駒が湯から上がってくる。

女中が運んだ着替えは丈こそ合っていたが、ややきつそうなのは佐和よりも肉置きが豊かなのが災いしてのことだった。

「一方ならずお世話になりまして、お礼の申し様もありませぬ」

夫婦の前で三つ指を突いて礼を述べるときにも、前にかがんだ弾みで襟元から胸がはみ出しそうになっている。

「き、気にするには及ばぬぞ。ぶ、無事で何よりであったなぁ」

「お前さま」

　上ずった声で答えた半蔵を、佐和はきっと睨み付ける。

「怪我人も峠を越されたのでありましょう？　早うお風呂に入りなされませ」

「いや、それよりも腹が減ったのだがな……」

「いいから、とっととお行きなさい！」

　聞く耳を持とうとせず、佐和は半蔵を廊下に追いやる。

　お駒はいつの間にか梅吉の枕元に座り、寝息を立てているのを安堵した様子で見守っていた。

　半蔵が湯殿へ向かったのを見届けた佐和は座敷には戻らず、敷居際からお駒に向かって呼びかける。

「お食事を客間に用意します。しばし待ちなされ」

　声は意外にも静かだった。

　怪我人が眠っている前で騒ぎ立てるほど、彼女も愚かではない。

　とはいえ、口調も態度もつっけんどん極まりなかった。

「ご雑作をおかけいたしまする」

　しとやかに礼を述べるお駒を睨み返す両の目も、ぞっとするほどに冷たい光を帯びていた。

「気遣いは無用ですよ。支度するのは女中たちですから」

「恐れ入りまする、奥様」

「ふん、そなたに奥様呼ばわりされる覚えはありませぬ」

「はぁ」

「呼びに参るまで出てはなりませぬ。いいですね？」

しつこく念を押したのは、お駒が何食わぬ顔をしていればこそ。

夫と如何なる間柄なのかを追って聞き出し、ただならぬ仲であるのならば姦婦として成敗してくれる。そのときは半蔵のことも放ってはおくまい。

そう心に誓った上で、佐和は部屋の障子を閉める。

憤然と歩き去っていく足音を、お駒は微笑しながら聞いていた。


客間に据えられた膳は簡素なものだった。

「これだけか？」

「お話をうかがいながら召し上がっていただくにはよろしゅうございましょう」

湯上がりの半蔵が塩むすびと香の物、具の入っていない味噌汁だけの膳を前にして驚くのを、佐和は冷然と見返すばかり。

お駒に供されたのも同じ献立《こんだて》だった。

言葉通りに女中たちに任せたならば、もう少し凝ったものを支度してもらえたことだろう。

佐和は自ら台所に立ち、二人の食事を用意したのだ。

（まさか毒など仕込んではおるまいな……）

そんな半蔵の心配をよそに、お駒は膳に向かって手を合わせる。

「有難くご馳走《ちそう》になりまする」

文句ひとつ口にはしない彼女を見習い、半蔵も謹《つつし》んで塩むすびに手を伸ばす。

昼の弁当を食べてからは、何も口にしていなかった。

「うむ……美味い」

佐和が怒りを込めたであろう塩加減のきつさが、疲れた体には心地いい。

今日はいろいろなことが有り過ぎた。

二日ぶりに出仕した勘定所でかつてなく精勤し、この調子で励んでいこうと心に決めた矢先に奉行から呼び出され、影の警固役を命じられた。

笠井家代々の勤めを続ける上でも引き受けざるを得ないと判じ、止むなく密命を引き受けて早々に事件に巻き込まれ、倒すべき襲撃者を救って共に逃げ出したあげくの果てに、思わぬ正体を知るに至ったのだ。

驚きを覚える暇も無いほどに慌ただしい一日だった。

（よくぞ落ち着いていられるものだ）

握り飯を口に運びながら、半蔵は佐和とお駒を交互に見やる。

落ち着き払って食事をしているお駒の傍らで、佐和は黙ったままでいる。話を聞くためにわざわざ簡単な献立にしたと言っておきながら、先程からずっと口を開かずにいた。

怒ってはいても、我を失ってはいない。

あくまで冷静に、じっとお駒の様子を観察している。

（やはり疑うておるのだな……）

半蔵は横を向き、ふっと溜め息を漏らした。

他の家の妻女であれば、こうはならないことだろう。

見ず知らずの女を屋敷に連れ込んだとはいえ、濡れ鼠である上に怪我を負った連れの男がいるとなれば、誰も浮気を疑いはするまい。

佐和も最初は怪我人に気を取られ、半蔵から急き立てられるがままに治療を手伝ってくれていた。

ところが梅吉が眠りに就いたとたん、ずっとお駒を睨み付けている。

そんな仲とは違うというのに、困ったことである。

とはいえ、半蔵は潔白とも言い切れない。

まだ何もしていないとはいえ、その気があったのは事実だ。

煮売屋でお駒の顔を見るたびに、半蔵はいつもときめいていた。他の常連客も思うところはみんな同じだったことだろう。

男たちにとって『笹のや』は食事をするだけの店ではない。

朝の忙しい一時に立ち寄り、サッと食ってパッと出るのが常であっても、常にお駒の笑顔に癒されていた。

願わくば、もっと深く付き合いたい。

そう想っていた相手が実は荒事を厭わぬ男勝りの女賊だったとは、にわかには信じたくないことである。

だが、半蔵は現実を知ってしまった。

お駒には裏の顔を余さず明かしてもらわねばなるまい。

なぜ矢部定謙を付け狙っているのかは定かでないが、警固する密命を任された以上は放ってもおけない。

できることならば復讐など諦めさせ、このまま小さな煮売屋の女将として人生を全うしてほしい。

そう願えばこそ、半蔵は自らお駒に問いかけはしなかった。

代わりに口を開いたのは佐和だった。

「食べながら答えなされ」

「はい」

涼しい顔で返しつつ、お駒は大根の浅漬けをかりっと齧る。

つい先程まで紫色をしていた唇には赤みが差し、肌はつやつやしている。

もとより未婚なので歯を鉄漿《かね》で染めてはおらず、子がいないので眉も落としていなかった。

美しさでは劣るとはいえ、どこを取っても三十路に近い佐和とは比べるべくもない瑞々《みずみず》しさに満ちている。

そんなところも、佐和から見れば腹立たしいのだろう。

「お前さま、何を見ておいでなのですか?」

「いや、何でもない」

半蔵は慌てて目を逸らす。

下手に構おうとすれば、とばっちりを食うばかり。

ならば、黙って見守るしかあるまい。

半蔵は黙々と塩むすびを食らい、味噌汁を啜《すす》る。

女たちの舌戦《ぜっせん》は始まっていた。

「まずは名前から聞かせてもらいましょうか」

「駒と申します」

「連れの者は？」

「梅吉にございます」

「駒に梅吉……鄙《ひな》びた名であるのう」

「恐れ入ります」

「別に褒めてはおらぬわ」

佐和は鼻白みながらも問いかけ続ける。

「そのほう、わが殿をいつから見知っておるのか」

「そうですねぇ……かれこれ一年になりましょうか」

「生業《なりわい》は煮売屋と聞いたが、どのような商いなのじゃ」

「朝は簡単な食事、夜は酒と肴《さかな》をお出ししておりまする」

「ふん、どうせ碌なものではあるまい」

「こちらのお膳よりは幾分ましですけどねぇ」

「こやつ、馳走になっておいて何を言うかっ」

「これはとんだご無礼を申しました。御免なさいまし」

いきり立つ佐和を余裕の表情で見返しながら、お駒は空にした汁椀をそっと膳に戻す。塩むすびも香の物も残さず平らげた後であった。

見守る半蔵は気が気ではなかった。

（いきなり喧嘩腰とは、佐和も無礼が過ぎようぞ……）

そう思ってはいても言い出せない。

一言でもお駒を庇《かば》うようなことを口にすれば、手が付けられぬほど佐和が怒り出すのは目に見えていた。

妻の気の強さはもとより承知の上だが、意外だったのはお駒の態度である。

癇癪持ちの佐和を相手取って些《いささ》かも動じないばかりか、わざと挑発しつつ反応を楽しんでさえいるのだ。

定謙に襲いかかったときの暴れっぷり、そして家士たちを相手に一歩も退かずにいた姿から見かけによらず男勝りなのは分かっていたつもりだが、まさか妻と対等に渡り合えるとは思わなかった。

もしかしたら、佐和より上手《うわて》なのかもしれない。

(俺も楽しんだほうが良いのかもしれぬ、な……)

ふっと半蔵は微笑んだ。

「何が可笑《おか》しいのですか、お前さま」

すかさず佐和が睨み付ける。

「いや、気にするでない」

慌てて半蔵は浅黒い顔を引き締める。

真面目な表情を精一杯作ったつもりでいても、笑いをこらえているせいで口の端がひくひく動いていた。

そんな半蔵の反応を、お駒はにこにこしながら見やっている。

「そのほうもじゃ！　人と話しておる最中に、目を逸らすでないわ！」

「はいはい」

佐和の金切り声を聞き流す態度も余裕十分であった。

四

夜四つを過ぎた江戸は町境の木戸が閉じられ、市中で暮らす人々は武士も町人も眠りに就く。

そんな時分にも、不夜城の吉原遊郭は明々《あかあか》と灯りが点されている。

あれから矢部定謙は馴染みの妓楼《ぎろう》に登り、やり場のない怒りを持て余しつつ床の中で眠れぬ夜を過ごしていた。

「おのれ……」

呪詛《じゅそ》のつぶやきを漏らしながらも、すでに酔いは抜けている。

登楼してからは誰にも八つ当たりをせずにいた。予期せぬ襲撃に不覚を取った家士たちをどれほど折檻《せっかん》しても意味はなく、まして遊廓の者をいじめたところで何の解決にもならないと気付いたのだ。

為すべきなのは頭を冷やし、目の前の問題に対処することである。

定謙には敵が多い。

最大の宿敵は老中首座の水野忠邦だが、その他にも野望の実現を阻まんとする小賢《こざか》しい輩が幾人もいる。

船で襲撃を仕掛けてきた者に心当たりはなかったが、いずれかの陣営から差し向けられた刺客と見なしていいだろう。

御先手組あがりの猛者だけに、もとより臆してはいない。

とはいえ、命を狙われるのは嫌なものである。

敵娼《あいかた》と肌を合わせても気は晴れず、醒《さ》めた面持ちのままだった。

相手の花魁《おいらん》は事を終えて早々に床を抜け出し、まだ戻って来ない。順番を待たせておいた他の客の部屋に足を運び、廻しを取っているのだろう。

かつて太夫と呼ばれた最高級の遊女は一晩に何人もの客の相手をして稼ぐことを慎み、武家の妻女も顔負けの意地と誇りを持っていたといわれるが、天保の世の花魁には昔日の伝統など受け継がれていない。どこの妓楼でも見目形を美しく装っただけの人形のような女しか置いておらず、定謙の祖父の世代の武士たちを感服させた太夫の面影を見出すことはできなくなって久しかった。

醒めた心持ちでいれば、階下から聞こえてくる吉原名物の見世清搔《みせすががき》――客寄せの三味の音も空しいばかり。

それでも十数年前までは芸は売っても身は売らぬと宣言しておきながら見事な客あ

しらいで江戸中の人気を集めた深川芸者あがりの花魁が評判で、まだ三十代の男盛りだった定謙ばかりか若かりし頃から堅物で知られた水野忠邦までが熱心に通い詰め、先に帯を解かせようと張り合っていたのも懐かしい。

あの名妓が姿を消して以来、吉原も味気ないものになったなと定謙は思わずにいられない。

「藤紫《ふじむらさき》め、足抜けせし後に何処《いずこ》へ逃れたのかのう……。願わくば今一度、大いに笑わせてもらいたいものじゃ」

つぶやきつつ、定謙はごろりと寝返りを打つ。

そこに足音が聞こえてきた。

花魁が座敷から座敷へ移るときに用いる、厚底の草履とは違う。

足袋《たび》を履いて定謙の部屋を訪れたのは老いても精悍さを失わない、矍鑠とした老武士——梶野良材であった。

私服の羽織袴姿で大小の二刀は帯びていない。定謙がそうしたように登楼するときの決まりとして階下で楼主に預け置き、奥の内所《ないしょ》で帰るまで保管させているのだろう。

良材は供の者を連れていなかった。

自ら障子を開き、悠然とした足取りで敷居を踏み越える。

「そのまま、そのまま」

慌てて布団から出ようとした定謙に微笑み返し、良材は腰を下ろす。

「ここは身分に別無きが建前の吉原じゃ。礼は省《はぶ》いてもろうて構わぬ」

「お、恐れ入りまする」

定謙は下座に移動し、膝を揃えて良材と向き合う。乱れた長襦袢の襟元と裾を正すのも忘れない。

それにしても思いがけない訪問だった。

定謙と良材は、かねてより親しいわけでも何でもない。

むしろ目障《めざわ》りな存在であり、なればこそ抱えの家士の中から選《え》りすぐった五人に討たせようとしたのだ。

とっくに隠居してもおかしくない七十の身で勘定奉行、しかも定謙がかつて務めた勝手方に任じられ、元気に幕政の一翼を担うとは迷惑な限りである。

おまけに良材は老中首座の水野忠邦から寄せられる信頼も厚く、老い先短い身でありながら更なる出世を遂げる可能性まで秘めていた。

いつまでも年寄りに居座られては、こちらに役職が回ってこない。

大人しく隠居をする気が無いのであれば、いっそのこと引導を渡してやろう。

定謙が家士の一団を討手として差し向け、大手御門前で暗殺させせんとする暴挙に至ったのは、そんな嫉妬の念を募らせた末だったのだ。すでに良材は小十人組から内密にもたらされた報告により、黒幕が定謙であるのを承知の上である。

それにしても同じ妓楼にお忍びで上がり込み、敵の部屋に自ら足を運んでくるとは驚くべき振る舞いであった。

定謙にしてみれば寝込みを襲われたようなものである。

護衛の家士たちは離れた別室に控えており、床の相手に新造と呼ばれる下級の遊女を呼んで歓を尽くしている頃合いだった。

吉原には武士といえども一切の刃物を持ち込めぬ上に、どこの妓楼でも用心棒に牛太郎《ぎゅうたろう》と称される若い者を大勢抱えている。ふだんは客引きや雑用をこなしていても騒ぎが起きれば速攻で駆け付け、乱心者を取り押さえる訓練が行き届いた連中であり、剣客を相手取って後れを取らない腕利きもいるという。故に定謙も登楼中は安心していたのだが、斯様なことになると予測できていれば家士たちを身辺から遠ざけたりはしなかっただろう。

乗りこんで来たのが賊であれば、いつも廊下に控えている牛太郎を呼べば即座に片は付く。彼らは懐に短刀を隠し持っており、上客の命を狙うような輩はその場で仕留めた上で亡骸も何処かに運んで処分してくれるからだ。

しかし、現職の勘定奉行を始末させるわけにはいくまい。

非が有るのは最初に討手を差し向けた定謙であり、事が明るみに出れば不利になるのはこちらだからだ。

この場は二人きりで話をし、白を切り通すより他になかった。

「い、一献差し上げまするか、土佐守様」

「気を遣うには及ばぬ。このところ、とんと呑《の》めなくなったのでな」

枕元に置かれたままになっていた酒器を取りかけた定謙を押しとどめ、良材は淡々と問いかけた。

「時に左近衛将監、そのほうは幾つになる」

「は？」

「歳を聞いておるのじゃ」

「ご、五十と三になりまする」

「儂は七十じゃ」

「お……恐れ入りまする」

「この歳になれば、欲とやらも自《おの》ずと失《う》せる……今し方も孫の如き遊女から恥をかかせないでくださんしと掻《か》き口説かれたが、揚代《あげだい》は遣わすゆえ大人しゅう独りで寝ておれと申し付けて参ったよ。儂とて十も若ければ一晩じゅう離さなんだであろうがの。はははははは」

上機嫌なようでいながらも、目は笑っていない。

良材の鋭い視線に射すくめられて、定謙は動けずにいた。

「未だ還暦前なれば、欲から逃れられぬとしても無理もあるまい。のう、左近衛将監？」

「は……」

「儂の一命を狙うたは、勘定奉行の座に未練があってのことかの」

「め、滅相もありませぬ」

定謙は答えに窮《きゅう》していた。

討手の家士たちが戻らぬのは良材に尻尾《しっぽ》をつかまれたからではないのかという不安が的中し、生きた心地もせずにいる。

返すに返せぬ言葉だが、定謙は勘定奉行に復職したくて良材を暗殺させようとしたわけではない。

真の目的は水野忠邦を恫喝《どうかつ》することであり、就きたいのはこのまま良材が長命を保てば昇進するであろう町奉行の座だった。

最初から良材には恨みも何も抱いていない。

自分を敵視して止まず、再三に亘って左遷するという嫌がらせを繰り返す忠邦を恐怖させるため、いわば生贄《いけにえ》になってもらいたかっただけなのだ。

かかる理由はどうあれ、目の前にいる相手の死を欲したのは事実である。

この場に刀があれば手討ちにされても文句は言えまい。

定謙は押し黙ったまま、次の言葉を待つばかりだった。

すっと良材が腰を上げる。

まさか、懐中に鎧通《よろいどお》しでも隠し持っているのか。

「と、土佐守様⁉」

「安堵せい」

思わず表情を強張らせた定謙の肩を叩き、良材は微笑む。

先程までと違って両の目を細め、好々爺《こうこうや》めいた笑顔になっていた。

「そのほうを成敗するつもりならば、屋敷に討手を雪崩《なだ》れ込ませておるわ。何も気に病むには及ばぬぞ」

「されど、それがしは土佐守様のご家中の者たちを……」

「構わぬ、構わぬ」

当惑する定謙を安心させるかのように、良材は皺《しわ》だらけの手を打ち振る。

大手御門前で供侍と中間が殺されたのを、事もなげに不問に付したのだ。

一体、何を考えているのか。

戸惑うばかりの定謙に、良材は続けて語りかけた。

「そのほうが望みし職は町奉行と聞いておるが、相違あるまいの？」

「ははっ」

「やはり、南町か」

「お察しの通りにございまする」

「さもあろう。奉行の伊賀守《いがのかみ》は儂よりは幾分若いが、還暦を過ぎておるからのう……そろそろ潮時であろうとは、かねてより思うておったよ」

良材が口にしたのは南町奉行の筒井《つつい》伊賀守政憲《まさのり》のこと。

今年で在職二十年に及ぶ、六十四歳の名奉行だ。

長きに亘って江戸市中の司法と行政を預かり、北町より格上の南町奉行で有り続けることができたのは当人の優秀さに加えて、経験豊富な二人の配下の存在が大きいと言われている。

それは良材もかねてより承知の上のことである。

「仁杉五郎左衛門《ひとすぎごろうざえもん》と今一人……何と申したかの、伊賀守が懐刀《ふところがたな》と呼ばれし吟味方の与力の名は？」

「宇野幸内にございまするか」

問いかけに答える定謙の表情は苦いものだった。

人知れず抱く野心を見抜かれ、腐っているわけではない。

老練な良材にはとても太刀打ちできるまいと腹を括り、先程から素直に答えを返していた。

定謙が渋い顔になったのは、今一人の宿敵の名を口にしたからだった。

かねてより南町奉行の座を虎視眈々《こしたんたん》と狙い、現職の筒井政憲を追い落とすべく巡らせてきた数々の策を打ち砕いてきたのが、宇野幸内なのである。

幸内は吟味方与力として南町奉行所の司法の現場を預かり、朋輩で年番方与力の仁杉五郎左衛門と共に奉行の政憲を長きに亘って支えてきた男だ。

隠居したのだから大人しくしていればいいのに、なぜか首を突っ込んできては邪魔立てするのが腹立たしい。

一介の町方与力、それも職を退《しりぞ》いて久しいくせに幸内には味方が多い。

昨年に北町奉行となった遠山金四郎こと景元も協力者の一人で、かつて無頼《ぶらい》の暮らしを送っていた頃からの長い付き合いであるらしかった。

「そのほう、よほど手を焼いておるらしいのう。御先手鉄砲頭を務め上げし猛者の名が泣くであろうぞ」

苦々しい表情を見返して、良材は薄く笑う。明らかな冷笑だった。

「面目次第もありませぬ……」

ムッとしながらも、定謙に反論の余地は無かった。

どうやら良材の調査網はただならぬものであるらしい。わざととぼけた振りをしていたが、宇野幸内の姓名も承知の上だったのだろう。

この老人を軽く見てはなるまい。

それにしても、なぜ定謙の隠し事を暴くために吉原に乗り込んだのか。

何から何まで、老中首座のお気に入りとも思えぬ行動だった。

本来ならば大手御門前での襲撃を密かに上申し、自分ばかりか忠邦にまで恥をかかせようとしたことの責めを負わせるべきだろう。

人知れず糾弾《きゅうだん》するにしても、場所が遊廓である必要はないはずだった。

一体、何を考えているのか――。

「気を落としてはならんぞ、左近衛将監」

良材が膝を寄せてきた。

のみならず、親しげな笑みまで浮かべている。

「土佐守様……」

「そのほうが窮状を脱するため、少々助《す》けてつかわそうかの」

「お助けくださる……とは？」

「先刻にそのほうが大川にて襲われし折、助けに入りし者がおったであろう」

「な、何故にご存じなのですか」

「儂が知らぬことは無いと思うがいい」

「……恐れ入ります」

「して、あやつの腕前はどうであった」

「並々ならぬ遣い手かと……」

「世辞はいらぬ。本心を申せ」

「されば腹蔵なく申し上げまする」

定謙は前置きをした上で、澱《よど》みなく語った。

「未だ人を斬ったことは無いと見受けましたが、刃引きを振るうて賊を退けし手際は掛け値なしに見事なものでございました」

「御先手あがりのそのほうの目にも、左様に映ったのか」

「ははっ。願わくば、手元に置きたいものでございまする」

「それは重畳《ちょうじょう》。初日から役に立ったらしいのう」

定謙の答えを耳にして、良材は満足そうに微笑んだ。

「実を申さば、あやつは儂の配下なのだ」

「土佐守様の、ご家中の？」

「さに非ず。下勘定所に勤めし平勘定よ」

「平勘定ということは、百五十俵取りの……」

「取るに足りぬ軽輩じゃ。旗本と申さば聞こえは良いが、暮らしぶりはそのほうの手の者に討たれし当家の供侍どもと大して差はあるまい」

笑みを絶やすことなく、良材は言葉を続けた。

「名は笠井半蔵と申すのだがな、代々の勘定所勤めを誇りし家付き娘の尻に敷かれて十年もいびりに耐えて参った、しがない入り婿よ」

「子は居らぬのですか」

「なればこそ、捨て駒として使役するにも気が咎めぬ。妻女も愛想が尽きた頃なれば万が一の折は早々に養子を迎え、家名の存続を図るであろう。そのときは儂も口添えを惜しまぬ所存だがの」

「……情けなき話にございまするな」

「されど、笠井の腕が立つのは間違いない。それだけは儂も認めておる」

「それがしも左様に存じまする」

「流儀は天然理心流とやら申す、田舎剣術の類《たぐい》だそうじゃ」

「あの忌々《いまいま》しき一門の出でございましたか」

また定謙は渋い顔をした。

宇野幸内と共に邪魔立てをする、北町奉行所の若い同心——高田俊平が振るう剣の流派であると思い出したのだ。

同じ門下と思えば腹立たしい限りだが、たしかに半蔵は腕が立つ。

かねてより自分を付け狙っている不審な若い男と、その連れと思《おぼ》しき女も確実に撃退してくれるはずだった。

人を斬れぬのは俊平と同じだが、技量は明らかに上だろう。

味方にしておけば、頼もしい護りとなるに違いない。

それに、いざとなれば同門で殺し合わせてもいい。

良材が命じたならば、半蔵は相手が俊平であっても斬らざるを得ないはず。

話を打ち明けられた以上は、定謙も同じ権利を持ったと言っていいだろう。

護るべき自分の言うことを聞かぬ場合は同士討ちをさせてやれば、邪魔者の始末も付いて一石二鳥というものだ。

「良きお話を聞かせていただきました」

気を取り直した様子で、定謙はふっと表情を和らげる。

「今ひとつ、明かしておこうかの」

良材は素知らぬ顔で言葉を続けた。

「笠井めは、元を正せば御庭番……村垣の家の出ぞ」

「まことですか？」

「何か気付いたのか、左近衛将監」

「猪牙の上にて小揺るぎもせずに立ち回っておりましたので……」

「遠国御用で幾度となく手柄を立てた、祖父の定行が仕込みもあってのことよ。頭が切れるばかりでなく、腕も大層なものだったからの」

「村垣定行様と申せば淡路守の官位を授かり、勘定奉行にまでご出世なされた……」

「左様。儂と同じじゃ」

「そういえば土佐守様も、御庭番あがりの御身でございましたな」

「過ぎし日のことじゃ。言うでない」

「こ、これはご無礼を」

口が過ぎたのを詫びた上で、定謙は良材に問いかけた。

「左様に名の有る家の出でありながら、何故に婿入りなどしたのでございまするか」

「ははは、是非もなき故あってのことよ」

機嫌を損ねたのも束の間、良材は破顔一笑して答えた。

「あやつは村垣の子として公儀に届けを出されておらぬのだ。定行のせがれが下働きの女中を孕《はら》ませた末に生まれた、隠し子なのじゃ」

「左様にございましたのか」

「産後に亡《の》うなった女中は武州の出での、伝手《つて》を頼って預けた先が天然理心流の先代宗家の許《もと》であったため、自ずと鍛えられたわけよ。定行も不憫《ふびん》に思うて、しばしば足を運んでおったものよ」

「されば土佐守様は、その頃から……」

「いつか役に立つであろうと目を付けておった。定行に笠井の家への婿入りを勧めたのも、儂の配下に置くのが狙いよ」

「……お見それいたしました」

「ともあれ、笠井めを上手く使うことだの」

「笠井のこと、当てにしても構わぬのですか？」

「むろんじゃ。ただし、当人に気取られては相ならぬ」

「直《じか》に話をしてはなりませぬのか」

「あやつにはあくまで影にて警固をいたせと申し付けてある。そのほうの目に付かぬように立ち回りて人知れず護れと……な」

「されど、今宵は派手に現れましたぞ」

「聞いておる。思うたよりも気が短いらしいの」

「去り際には、それがしに脅しまでかけていきました」

「ははは、あやつもやるのう」

「笑いごとではありませぬぞ」

「許せ、許せ」

良材はあくまで鷹揚だった。

されど、階下から聞こえてくる三味の音を耳にしながら語っている内容は剣呑きわまりない。

半蔵のことも大事に考えてくれているわけではなく、扱いが面倒になったときには見殺しにしてしまっても構わぬという意向を言外に匂わせているのだ。

大人しく従わぬ限りはそんな運命が待っているとは、当の半蔵は夢にも思っていなかった。

五

夜が更けても灯りが消えずにいたのは吉原だけではない。

その夜、笠井家では灯油を惜しむ暇がなかった。

「そ……そなたが失礼きわまりなき女子というのは、よう分かりました」

声と美貌を引きつらせながら、佐和はお駒を睨み付ける。

対するお駒はまったく動じていない。

「恐れ入りまする、奥方様」

愛らしい顔が今宵は余人を寄せ付けぬ貫禄に満ちていた。

間に座った半蔵は小さくなるばかりである。

願わくば梅吉のように眠り込み、我関せずを決め込みたいものだった。

しかし、女たちは中座することを許さない。

「黙っておらずに何とか言いなされ、お前さまっ」

「お、落ち着いてくれ」

二人を担ぎ込んだときの威厳はどこへやら、半蔵は常にも増して弱気な態度で佐和をなだめるばかり。

そんな半蔵をお駒は微笑みながら見やっている。

むろん、気付かぬ佐和ではない。

「我が婿殿に文句でもあるのですか、そなた！」

「いーえ、お気の毒に思うただけですよ」

「気の毒とな」

「旦那の奥方がこんなに酷《ひど》いなんて考えてもおりませんでしたよ。どうして一緒に居なさるんです？」

「そなたの知ったことではないわ!!」

佐和は更にいきり立ち、身を乗り出そうとする。

「お、落ち着けと申しておるだろう」

半蔵は慌てて肩をつかむ。

そんな夫婦の有り様をつくづくと見返して、お駒は溜め息を吐いた。

「あーあ、気が削がれちまったい」

「何としたのだ、おぬし？」

「旦那がたのおかげで、殺《や》る気が失せちまったってんですよ」

「左近衛将監のことか」

「他に誰がいるんです」

「ならば申せ。おぬしたちは何故に、あの御方を空《むな》しゅうせんとするのだっ」

暴れる佐和を抑えつつ、半蔵は問い返す。

密かに想いを寄せていたお駒が伝法な口調でずけずけ話す、極め付きの莫連女《ばくれんおんな》だったことには慣れてしまったが、なぜ矢部定謙を襲ったのかはまだ一言も明かしてもらえていない。

ここまで関わりを持ったからには、真相を聞かずには済まされまい。

「さぁ、包み隠さず申すのだ！」

気迫を込めて問いかける半蔵の姿に、佐和も暴れるのを止めていた。

一方のお駒も覚悟を決めた様子だった。

溜め息を今一度吐いて、すっと二人を見返す。

「ほんとに言っちまってもいいんですか、旦那」

「そのつもりで問うておるのだ、早うせいっ」

「聞いたら困ると思いますよ」

「構わぬ！」

「やれやれ、仕方ありませんねぇ……」

苦笑しながら、お駒はさらりと言葉を続けた。

「あの矢部定謙はね、あたしの父親なんですよ」

「父御……とな!?」

思わず絶句する半蔵の腕の中では、佐和も言葉を失っている。

驚きの余りに声も出ない二人を前にして、お駒は淡々と続けて語る。

「父親と言っても、屋敷へ奉公に上がっていたおっ母《か》さんに無体をして腹ん中にあたしを仕込んだだけのことなんですけどねぇ。お父《と》っつあんらしい真似なんぞは一遍だってしてもらったことはありませんよ」

「されど、親には違いあるまい」

半蔵は懸命に言葉を絞り出す。

「何故、おぬしは実の父御を手にかけんとしたのだ。申せ」

先程までのいきり立った態度とは、どこか違う。

しかし、対するお駒は素っ気ない。

「生みの親より育ての親、ってことですよ」

「何……」

「矢部に捨てられたおっ母さんを引き取ってくれたお人のことを、あたしは本当のお父っつあんだと思ってるんです。他には父親なんて居やしないって、ね」

「その御仁も悲しむであろうぞ。むろん、母御もだ！」

半蔵が力説したのは、他人事《ひとごと》とは思えぬからこそだった。

父母の愛情を知らずに育ったのは半蔵も同じである。

なればこそ、早まった真似をしてもらいたくはないのだ。

たしかにお駒は無礼であり、佐和が激怒するのも無理はなかった。

されど、同じ境遇と知ったからには放っておけまい。

想いを寄せているのとは別の問題だ。

どんなに無責任であろうと、親が命の源であるのに変わりはない。

お駒の話が真実ならば、彼女は実の父親を斬ろうとしたということになる。

断じて許してはならない所業であるし、影の警固を全うする上でも見逃すわけにはいかなかった。

半蔵の裏の役目を知らされていない佐和も、思うところは同じだった。

「婿殿の申される通りでありましょう……」

苦笑しているお駒をじっと見返し、熱の入った言葉を続ける。

「そなたが育ての父上と母上は、何処におられるのです？」

「そうですねぇ……」

お駒は口元を歪めたままで、奇妙なしぐさをしてみせた。

視線を上下に向け、天井と畳を交互に見やっている。

「おぬし、何をしておるのだ」

「いえね、極楽と地獄のどっちにいるのかなぁって思ったんですよ」

「馬鹿を申すな！　極楽往生を願うて供養をするのが子の務めであろうがっ」

「仕方がないでしょう。盗っ人だったんですから」

「盗《ぬす》っ人《と》とな」

「押し込んだ先じゃ血を流さないのが本道のおつとめだってのが口癖でしたけど仲間内で裏切り者が出たときは情けも容赦もありませんでした。囲みを破るのに捕方もずいぶん殺しているはずですよ……夜嵐の鬼吉って言えば、聞いたことがお有りなんじゃないですか」

「よ、夜嵐だと？」

「ご存じなのですか、お前さま」

佐和が怪訝そうに問うてくる。

「鼠賊《そぞく》の類ではないぞ。名うての一味だ」

「それほどに名の知られた賊なのですか」

「左様。随分と昔に、火盗改が成敗したはずだが……」

半蔵のつぶやきを、お駒は苦笑しながら聞いている。

「そのときの火盗を率《ひき》いていたのが誰なのかご存じですか、旦那」

「どなたじゃ」

「鈍いねぇ、いい加減に気付いてくださいよ」

「え……」

「矢部ですよ。お父っつあんを叩っ斬ったのも、ね」

答える口調は相変わらず素っ気ないが、両の目には激しい怒りが燃えている。

何と皮肉なことであろう。

捨てられた母親を引き取り、お駒の義理の父親になってくれた夜嵐の鬼吉は実の父である矢部定謙の手によって、盗みの現場で斬殺されたのだ。

「して、母御は何としたのだ」

「隠れ家《が》にしてた煮売屋に踏み込まれて、お父っつあんの後を追いました。手に持ってた包丁で、とっさに喉《のど》を突いたんです」

淡々と語るお駒を前にして、半蔵も佐和も返す言葉が無かった。

「これで旦那も奥方様もお分かりになったでしょう。矢部はあたしにとって両親《ふたおや》の仇でしかないんです。それに梅吉にとっては、親分の意趣返しってことになりますんでね。邪魔はしないでくださいましな」

「……相分かった」

先に答えたのは半蔵だった。

「おぬしがそこまで腹を決めておるならば、何も言うまい」

「それじゃ、あたしたちを見逃してくれるんですね？」

「今宵のところは、な」

「何ですって」

「おぬしたちが本気であるのと同様に、拙者も左近衛将監様をお護りする役目を全うせねばならぬのだ。再び挑んで参るとなれば、謹んで相手をいたそう」

「あたしたちを助けておいて、今度は斬ろうってのかい⁉」

「斬りはせぬ。何度でも追い払うだけのことだ」

「その刃引きでぶん殴る気かい……」

「願わくば痛め付けたくはない。おぬしも梅吉もな。できることならば意趣返しなど諦めて、堅気のままで暮らしてもらえぬか」

「お前さんのために、かい？　馬鹿をお言いじゃないよっ」

さっとお駒の顔が青ざめる。

半蔵の迫力におびえたわけではない。

青くなった顔が、たちまち怒りで赤くなる。

それでも怒鳴り出さぬだけの慎みを見せたのは、手負いの梅吉を今のまま連れ出すわけにはいかないからだった。

「残念ですよ、旦那」

睨み付けた視線を離さぬまま腰を上げ、お駒は言った。

「今夜だけはお世話になりますけど、夜が明けたら出て行きます」

「無茶を言うでない。あやつの傷がふさがるまでは逗留《とうりゅう》せい」

「冗談じゃありませんよ。油断をさせといて寝首を掻こうってんでしょう」

「お駒……」

「どちら様もおやすみなさいまし」

最後に言い置き、お駒は夫婦に背を向ける。隙の無い身ごなしであった。

障子がぴしゃりと閉じられる。

「お前さま」

「黙っていてくれぬか……すまぬ」

佐和から目を逸らし、半蔵はあぐらをかいて座り込む。

胸の中はやるせない気持ちで一杯になっていた。

第五章　呉越同舟《ごえつどうしゅう》はぎこちなく

一

その夜のうちにお駒は姿を消してしまった。

表に残された足跡から察するに、梅吉に肩を貸して連れ出したらしい。

むろん、当の梅吉も納得ずくの行動なのだろう。亡き親分の娘であるお駒の意を汲み、傷を負った体に無理を強いて共に立ち去ったのだ。

「無茶をしおって……」

夜明け前の門前に立ち尽くす半蔵の表情は切なげだった。

すぐにでも捜しに走りたかったが、そうはいかない。

梶野良材と交わした約束に従って、早朝から下谷の矢部邸を見回りに出なくてはならぬのだ。

佐和は嫌味も言わず説教もせず、黙って出仕の支度をしてくれた。

良材から下された密命については、昨夜のうちに明かしておいた。

お駒との言い合いでおおよその察しを付けられてしまった以上、もはや隠してはおけないと判じたのだ。

奉行の命令となれば、佐和とて異を唱えるわけにはいかなかった。

それに半蔵が笠井家代々の役目を重んじて、良材の機嫌を損ねるのを防ぐために危険な密命を引き受けたことも理解できている。

半蔵は不器用な性分である。

その性格は分かりやすく、お駒に想いを寄せているのも一目瞭然だ。

腹立たしい一方で、そんな夫のことを愛《いと》しいとも思える佐和だった。

厳しく接してばかりいれば他の女に目が向くのも無理はない。これからは少しずつでも優しくすることを心がけようと、考えを改めていた。

「気を付けてお出でなされ、お前さま」

「うむ」

袖にくるんで差し出す刀を受け取り、半蔵は左腰に帯びる。

妻の態度の変化を快く思いながらも、やはり一番気にかかるのはお駒である。

佐和が案じて止まずにいるほど、今は男として想っているわけではない。

本音を言えば、一時は少なからず劣情を抱いていた。美人でもきついばかりの妻と違って素朴で優しい彼女に対し、梅吉から警戒されても仕方がないほど恋い焦がれてもいた。

そんな半蔵の心境が変わったのは、過去を告白されたからである。

お駒は実の父を憎んでいた。

母と自分を捨てた矢部定謙を憎み抜き、育ての父を死に至らしめた仇として命まで奪わんと付け狙う身なのだ。

それは半蔵自身と重なる立場だった。

こちらは完全に捨てられたわけではなく、それなりに村垣家から世話になってきた恩を感じている。

母親が違うとはいえ弟の範正との仲は良いし、父はもとより祖父にも感謝こそすれども憎悪などしたことがない。

しかし、歯車が狂ったらどうなっていただろうか。

もしも村垣の父が定謙のような性分ならば、生まれてすぐに里子に出されるか捨て子にされてしまった可能性もある。武家の生まれとして扱われないばかりか命そのものを失っていたかもしれないのだ。

自分もそうなっていたのではと思えば、お駒のことを放ってはおけない。

そもそも、子が親を憎むなど有ってはならないことだ。

どんなに非情であろうとも親は親であり、命の生まれ出《い》ずる源だ。

その親を否定することは、己自身を空しくするのにも等しい。

まして、刃《やいば》を向けるなど言語道断だ。

何としても、止めてやりたい。

半蔵が後ろ髪を引かれる思いを振り切って、まだ暗い中を下谷まで赴いたのはお駒と梅吉に早まった真似をさせまいとする一念ゆえのことだった。


半蔵が異変に気付いたのは、下谷の二長町にある矢部邸の門前に辿り着いて早々のことだった。

家士たちの動きが、どうもおかしい。

塀の陰に身を潜めた半蔵の視線の先で右往左往し、誰もが落ち着かない様子で何やら知らせを待っている。

程なく、一人の若い町方同心が駆けてきた。

見れば高田俊平である。

奇妙なことだった。

町奉行所勤めの廻方同心は大名や大身旗本の屋敷に出入りし、家中の揉め事を内々に始末しては礼金を受け取っている。表沙汰にされては困る醜聞の火消し役として武家屋敷はもとより、市中見廻りの持ち場で店を構える富裕な商人からも袖の下を取っており、身内の者が人を傷付けたり商いの上で不正を犯しても事件になる前に揉み消すのが常だった。

有り体《あていい》に言えば御法の番人に有るまじき、汚い真似をしているのだ。

曲がったことが大嫌いな俊平には、とてもできないことのはず。

ところが今は顔を引きつらせ、ただならぬ様子で家士たちに口頭で何事かを伝えている。

暗がりの中で、しかも遠間では会話の内容までは聞き取れないが、町奉行所の御用で何事か知らせに来たに違いなかった。

宿下がりした女中に変事があった程度ならば、ここまで騒ぎ立てるまい。

（もしや、左近衛将監が出先で揉め事に巻き込まれたのか……）

お駒に襲われた直後に夜遊びに出向いていたとは考え難いが、目の前の状況から察するに、定謙の身に異変が起きたと見なすべきであろう。

たとえ相手が俊平でも、直《じか》に問い質《ただ》すわけにはいくまい。

ならば後を尾け、現場に案内してもらうまでだ。

俊平を先頭に駆け出す家士たちを、半蔵は付かず離れず追っていく。

明け六つ前で閉じられている市中各所の木戸も、廻方同心に先導された一行を阻みはしない。

半蔵は町境に来るたびに間合いを詰め、集団の最後の一人を装って木戸番の目をごまかしながら先に進んだ。

下谷から上野を経て、疾走する先に見えてきたのは吉原田圃《たんぼ》。

思わぬ事件の巻き添えを食ったのは矢部定謙だけではなかったのだ。

妓楼の一階は死屍累々《ししるいるい》の惨状を呈していた。

荒事はお手の物のはずの牛太郎が短刀を握ったまま、一人残らず斬り殺されて無残な屍《しかばね》を晒《さら》している。

二階に続く階段には、定謙の供をしていた家士たちの亡骸が転がっていた。

凶刃を振るった賊は、遊客を装った五人組。

もとより偽名で登楼しており、素性は一切分からない。

屈強な五人の男は夜八つ（午前二時）を過ぎ、遊女も妓楼の人々も一息ついて油断する頃合いを見計らって内所から刀を持ち出し、邪魔な牛太郎たちを速攻で始末した上で二階に立てこもっていた。

人質に取られたのは矢部定謙と梶野良材。

表立って無礼を働けば只では済まない相手である。

どこの妓楼でもありがちな、馴染みの遊女に愛想を尽かされて逆恨みをした末の刃傷沙汰ならば、ここまで大事は引き起こすまい。

五人組は逃げ遅れた遊女たちには指一本触れず、楼主夫婦や遣手《やりて》、お付きの禿《かむろ》などと一緒に階下の布団部屋に閉じ込めていた。部屋の戸を塞いで逃げ出せないようにしただけで、最初から危害を加えるつもりも無い。彼らの狙いは登楼中で護りの甘い隙を突き、大身旗本の定謙と良材を虜にして幕府に揺さぶりをかけることだったのだ。

人質にされたのが閑職の小普請支配に落ちぶれた定謙のみならば、幕府としても大して苦慮はしなかったに違いない。

公許の吉原遊郭にて凶行に及んだ不届き者として五人の賊を殲滅《せんめつ》することを最優先

し、かつて定謙が率いたこともある御先手鉄砲組を参集させて射殺命令を下したことだろう。誰もが恐れる老中首座の水野忠邦と対立して不興を買い、出世街道から外れた男に同情を寄せる者など幕閣には一人もいないのだ。

されど、現職の勘定奉行が囚《とら》われの身になっていては誰もが慎重にならざるを得なかった。

江戸市中に噂が広まる前に速やかに解決する必要に迫られてはいたが、幕政の現場を預かる最高責任者の忠邦が幕政改革を推し進める上で信頼を預けて止まずにいる、老練の能吏である良材を見殺しにはできるまい。

吉原大門の面番所に詰めていた同心から急を知らされた北町奉行の遠山左衛門尉景元はすぐさま南町奉行の筒井伊賀守政憲と合議に及び、ふだんの捕物のように指揮を配下の与力任せにすることなく自ら現場に赴いた。

時を同じくして事件のことを知った忠邦からは、賊を殲滅した上で良材を確実に救出せよとの厳命が使者を通じて町奉行たちに下されていた。

まずは一帯の警備を固め、現場の妓楼の周辺に完全武装した同心と捕方も配置されていたが、まだ強行突入には至らずにいる。

難を逃れた遊女の証言から、賊の人数は五人と分かっている。

いずれも腕利きの牛太郎たちを寄せ付けなかった強者であり、同心たちが立ち向かったところで一対一ではまず敵《かな》うまい。

ましてや人質を取られていては、どうにも手の打ちようがない。

膠着《こうちゃく》状態の直中で、二人の町奉行はそれぞれの反応を示していた。

「長引かせるわけにはいかねぇでしょう」

陣笠の下で焦れた表情を浮かべている遠山景元は当年四十九歳。

身の丈こそ並だが筋肉質でがっちりしており、屋敷を飛び出して無頼の暮らしをしていた頃の雰囲気を残しつつも男として洗練された、貫禄漂う雰囲気の持ち主だった。

「急《せ》いてはいかんぞ、左衛門尉」

答える筒井伊賀守政憲は六十四歳。

がっちりした体付きをしている遠山景元と違って痩せており、顔も細面《ほそおもて》で華奢な印象を与えるが、両の目は老いても炯々《けいけい》とした輝きを失っていない。

妓楼の二階に鋭い視線を向けて、政憲はつぶやいた。

「我らがお救いせねばならぬのは土佐守様のみには非ず。左近衛将監も見捨ててはなるまい……」

水野忠邦は梶野良材の救出こそ厳命したものの、矢部定謙については一言も命じてこなかった。さすがに見殺しにしても構わぬとは言うまいが、反発し続けていながら出世だけは諦めきれない、浅ましい男の生き死になどはどうでもいいとでも考えているのだろう。

定謙が町奉行の職をかねてより狙っているのは、政憲も承知の上である。まだ着任して一年にしかならない北町奉行の景元に難癖をつけるのはさすがに難しいと見なし、在職して二十年目になる自分に取って代わるべく暗躍しているのもかねてより分かっていた。

目付の鳥居耀蔵と結託し、南町奉行の評判を落とすべく数々の策を弄する定謙さえいなくなれば政憲の地位は安泰となるのは必定だった。忠邦から救出を命じられなかったのを幸いに見殺しにしてしまえば、悩みの種も無くなるのだ。

しかし、政憲はそんなことなど考えていない。

強行突入を控えさせているのも、宿敵の死を望むからではなかった。

籠城《ろうじょう》犯たちが徹夜明けでまだ気が高ぶっている午前のうちに急いて仕掛けても犠牲を出すばかりであり、人質の二人の身に危害が及ぶ恐れも大きい。

昼を過ぎ、一味の緊張が緩んだ隙を突いてこそ事は成る。

今は下手に刺激せず、機が熟するのを待つべきだ。

かかる政憲の意見を景元も聞かされてはいるが、短気な性分は昔から変わらぬだけに焦りを抑えるのに苦労していた。

金四郎と称していた若い頃ならば年寄りの意見など意に介さず、とっくに自ら先頭を切って突入したに違いない。五十を目前にした今でも独りで五人をぶった斬る自信はあるし、峰打ちで失神させれば生け捕りにもできる。

されど人質がいる限りは強硬策など採れないし、格上の政憲の意見を無視するわけにはいかなかった。

これまで景元は政憲を人の上に立つのにふさわしい傑物として敬愛し、町奉行同士で張り合うことなく連携し、共に江戸の治安を守ってきた。

ここで短気を起こしても得られるものは何もない。今はじっと辛抱し、政憲が突入を決断するのを待つのみだった。

かかる我慢を余儀なくされていたのは、景元だけではなかった。

「ええい、邪魔立てするでないわ！」

「ご無事ですか、殿――!!」

大門の方角から叫び声が聞こえてくる。

知らせを受けて駆け付けた矢部家の家士たちが門の中に入れてもらえず、捕方の一団に制止されているのだ。先導してきた俊平も、なぜ呼びに走らされたのが手のひらを返したように追い返されるのか訳が分からぬまま、先輩同心たちと共に宥《なだ》めようと懸命になっていた。

この騒ぎぶりでは、妓楼の二階まで聞こえることだろう。定謙は期待と不安を抱きつつ、耳を澄ませているに違いなかった。

「迂闊であったの、左衛門尉」

「面目次第もありませぬ……」

政憲のつぶやきに、景元は返す言葉もない。

強行突入を急ぐのは避けたほうがいいと政憲から意見される前に、配下の俊平を独断で下谷の屋敷に走らせたのは完全な失策であった。

火付盗賊改を勤め上げた定謙に仕える家士たちは親の代から猛者揃いで、主君のためならば命を懸けるのも厭わない。

ならば斬り捨て御免の火盗改ほど実戦に慣れていない同心たちを強いて妓楼に突入させるよりも、彼らに任せたほうがいい。そう景元が判じて呼び寄せたことが裏目に出てしまったのだ。

こちらの短慮が原因とはいえ、家士たちを中に入れるわけにはいかない。

「殿！」

「殿ぉー‼」

大門前から聞こえてくる声は大きくなる一方だった。

気まずい面持ちで立ち尽くす景元の傍らで、政憲は黙ったままでいた。

事態を速やかに収拾するだけならば、強行突入を許可するのが一番なのは政憲も分かっている。

公許の吉原遊郭で大身旗本が二人も囚われの身にされてしまい、しかも一人は現職の勘定奉行と知れ渡れば幕府の権威は地に堕《お》ちる。

この恥ずべき籠城事件は市中の民だけではなく、参勤で在府中の大名たちにも知られてはならないことであった。

諸大名は必ずしも将軍家に絶対の忠誠を誓っているわけではなかった。

関ヶ原の恨みを今も忘れずにいる萩《はぎ》（長州）藩の毛利《もうり》氏を始めとする外様《とざま》は言うに及ばず、譜代の中にも幕政に不満を抱く大名は少なくない。

将軍家のお膝元で左様な事件が起きたと耳に入れれば、すぐさま倒幕に立ち上がりはしないまでも幕府の権威を軽んじ始め、素直に従わなくなるのは目に見えていた。

これは単純な籠城事件とは違う。

五人組の賊は吉原で事を起こせば幕府の恥となるのを承知の上で、直参旗本を人質にして立て籠もったのだ。

むろん、いつまでも抵抗できるものではない。

援軍が期待できない籠城は死に戦にも等しい。

多少は長引いたとしても今日明日中に片は付くはずであり、現場で斬られるのであれ捕まって刑に処されるのであれ、賊の一味に明日は無い。

よほど覚悟を固めなくては、こんな真似をするはずがないだろう。

速やかに殲滅しなくてはなるまいが、強行すれば人質を危険に晒すことになる以上、無茶をするわけにはいかない。

すでに夜は明けていた。

何もできぬまま時ばかりが過ぎゆく中、町奉行と配下たちは朝日の下で焦りを募らせるばかりであった。

二

吉原で膠着状態が続いていた頃、半蔵の姿は呉服橋界隈に見出された。

お駒が『笹のや』に舞い戻った保証はどこにも無い。

しかし手負いの梅吉を連れて遠くに行くのが難しい以上、やはり店を隠れ家にするのが妥当なはず。

半蔵と佐和さえ口外しなければ今まで通り煮売屋の女将と見せかけて、世間に正体を知られずに済むからだ。

夫婦のことを信じたならば、お駒は『笹のや』に戻っている。梅吉が回復するまで商いを休み、再び定謙を襲う機会を待つのだろう。

むろん、半蔵の立場としては本懐を遂げさせるわけにはいかなかった。

どんなに非道な男であっても、父親は父親だ。

断じて刃を向けさせてはなるまい。

とはいえ、口で言っても聞く耳を持たないことは分かっていた。

お駒は今日まで、定謙憎しの一念で生きてきた。

育ての父を殺されて、母まで死に追いやられた恨みを晴らすために、表向きは明るく振る舞いながら復讐の刃を研ぎ続けてきたのだ。

願わくば、もっと健《すこ》やかに生きてほしい。

されど、すぐに考えを改めさせるのは至難であろう。

ならば、お駒が諦めるまで阻止し続けるのみ。

(惚れた弱みだ……とことん付き合ってやるしかあるまい)

朝日の下を駆け抜けながら、ふっと半蔵は苦笑する。

ともあれ、今は吉原の事件を何とかしなくてはならない。

異変を知った半蔵が呉服橋を目指したのは、事件のことを知らせた上で協力を求めるためだった。

たとえ誤った考えでも、すがりつくものさえあれば人は前向きでいられる。

お駒には復讐の念が必要であるし、定謙に死んでもらっては困るはず。

共に吉原に潜り込み、町奉行たちも手を出しかねている籠城犯から人質を奪還するのに手を貸してほしい。

他の者に殺されるぐらいならば、今は助けるべきではないのか。

彼女をそう説得し、引っぱり出すつもりであった。

表から訪《おとな》いを入れたところで、素直に返事をしてはもらえまい。

半蔵は裏口に回り、人目に立たぬように板戸をこじ開ける。

一階に人の気配は無い。

足音を殺して二階に上がっていくと、梅吉の枕元に座っていたお駒は悪びれることなく振り向いた。

「さすがは旦那だねぇ。大汗をかいてるってことは、ここにいるって捜し当てるまでに無駄足を踏んだのだろうけどさ」

「捜し回ったわけではない……」

額ににじんだ汗を手の甲で払い落とし、半蔵は言葉を続ける。

「おぬしの父御が大事なのだ。早う手を打たねば、お命が危ないぞ」

「どういうことです」

「吉原に立て籠もりし賊の一味が、左近衛将監様を人質にしておる。土佐守様とご一緒にな」

「土佐守様って、どなたですか」

「ご公儀の勝手方を務められし勘定奉行の梶野良材。拙者の上役だ」

「だったら、そのお人だけ助けに行ったらいいじゃないですか。矢部定謙のことなんざ放っといてもらって構いませんよ」

告げるお駒の口調は醒めたものだった。

自分には拘わりない。そう言いたげな様子である。

「世の中ってのは良くできたもんですねぇ、旦那……」

黙り込んだ半蔵を前にして、お駒はふっと苦笑した。

「どこのどなたか存じませんけど、あたしの代わりに殺ってくれるってんなら大助かりだ。手間が省けたってもんですよ」

さばさばした顔でつぶやきつつ、顎《あご》をしゃくる。

「お話がそれだけでしたら、どうぞお引き取りくださいましな」

「ごまかすでない、お駒」

食い下がる半蔵の口調は、あくまで真摯な響きを帯びていた。

「仇と付け狙いし相手を赤の他人にあっさり空しゅうされてしもうては立つ瀬があるまい。違うか？」

「おやおや、妙なことを言いなさる」

お駒はまた苦笑した。

「旦那はあたしのすることを止めようとしていなすったじゃありませんか。それなのに、どうして今度はけしかけるんです？　まさか、見逃してくれるから好きにしろってんじゃないでしょうね」

「むろん見逃しはせぬ。されど、おぬしの他の者には左近衛将監様に手を出させとうないのだ」

「そんなことを言っていいんですか。旦那はあいつの命を護るのがお役目なのでござんしょう」

「左様……役目となれば果たさねばならぬ」

「だったら、あたしのことも斬ったらいい」

「斬りはせぬと申したであろう。拙者の役目は護るのみ……なればこそ、斯様な代物を帯びておるのだ」

真面目な口調で答えながら、半蔵は左腰の刃引きを指し示す。

「ほーんと、頑固なお人だねぇ」

お駒は思い切り苦笑した。

「さっきから護る、護るっておっしゃるけど、斬っちまわないと何遍だって襲ってきますよ。もちろん、このあたしもね」

「幾らでもかかって参れ。相手になってやろうぞ」

挑むような口調で切り返されても、半蔵は引き下がろうとせずにいる。

お駒はなかなか手強かった。

刃を交えたときにも苦戦したものだが、舌戦も気が抜けない。

このお駒、佐和よりも勝ち気と見なしていいだろう。

可憐な外見に似ず、呆れるほど頑固である。

実の父を仇と見なして、討たずにはいられないのだ。

他の男であれば、とても付き合えるまい。可憐な外見をしていながら何と恐ろしい女なのかと呆れ果て、関わりになろうとせずに逃げを打つことだろう。

だが、半蔵は苦にならなかった。

気の強い女と接することにはこの十年の間に慣れきっていた。

笠井家の入り婿として過ごしてきた忍従の日々を思い起こせば、何を言われたところで辛抱できる。

それに、今は耐えるのに意味がある。

佐和の癇癪に大人しく耐えていたところで、何も生まれはしなかった。

しかし、お駒とは付き合い甲斐が感じられる。

妻を差し置いて本気になったという意味ではない。

このまま放っておけば、いずれお駒は定謙の命を奪うだろう。籠城犯どもから解放されたとしても、遠からず命を落とす羽目になる。それも実の娘から積年の恨みを込めた、怒りの刃を叩き付けられるのだ。

そんなことがあってはならない。

血を分けた親と子が、命のやり取りなどをしてはいけない。

お駒が受けた苦しみは理解できるし、怒るのも当然だろう。

されど、親を殺そうとするのは明らかにやりすぎだ。

彼女ほど苛酷な目に遭ったわけではないにせよ、半蔵自身は似たような苦しみに耐え抜けた。

義理の母から要らない子として扱われ、居辛くなって村垣の屋敷を飛び出していた時期も、父親を空しくしたいとは思わなかった。

未だに表立って親子の名乗りを上げることはできずにいるが、それでもいい。

父には父の事情があったはずである。

何も亡き母を手ごめにしたわけではなく、束の間であっても情を交わした結果として半蔵は生を受けたのだ。この事実だけは誰にも否定できるまい。

お駒にも、そう思えるようになってほしい。

定謙を憎むばかりではなく、なぜ自分を捨てなくてはならなかったのかを知るところから、親を理解する努力を始めてもらいたい。

（やはり、とことん付き合わねばなるまいな）

そう腹を括りながら、半蔵は浅黒い顔をほころばせる。

「どうしたんです、旦那」

お駒が怪訝そうに問うてきた。

「あたしは旦那を脅してるんですよ。何を笑っていなさるんですか？」

「いや……そなたとは付き合い甲斐があると思うてな」

「ふん、まさかあたしのことを朝っぱらから口説きにお出《い》でなすったわけじゃないんでしょう」

「埒もないことを申すでない」

今度は半蔵が苦笑する番であった。

「言葉には気を付けたほうが良さそうだ。梅吉が睨んでおるからな」

「えっ」

お駒は慌てて視線を転じる。

いつの間に目を覚ましたのか、梅吉は目を開けていた。

「お前、起きてたのかい？」

「当たり前でさ。のうのうと寝ていられるわけがねぇでしょう……」

夜着をまくって梅吉は上身を起こす。

共に半蔵を威嚇《いかく》するのかと思いきや、鋭い視線を向けた相手はお駒だった。

「観念しなせぇ、姐さん。どんだけ偽りを並べ立てたところで、こいつは退きやしやせんぜ」

「な、何を言い出すんだい」

「こいつに脅し文句は通じやしねぇ、思うところを正直に言わなけりゃ聞く耳を持ちやせんぜって申し上げているんでさぁ。見かけと違って相当な頑固者なのは姐さんだって承知の上でござんしょう」

「梅吉……」

「あっしにいつも言っていなさるじゃねぇですか。矢部定謙の命はあたしのものなのだから、他の誰にも斬らせやしないよ……って」

「お、お黙り！」

「お言葉を返してすみやせんが、黙るわけにゃ参りやせん」

動揺を隠せぬお駒に、梅吉は続けて言った。

「今日のところはこいつの勝ちだ。あっしには構わず、早いとこ親父さんを助けにお行きなせぇ」

「あんなやつ、親でも何でもないって言ってるだろ!?」

「分かっておりまさ。憎んでも憎み足りねぇ、仇なんでござんしょう?」

心の乱れを露わにしたお駒を、梅吉はじっと見返す。

いつも煮売屋の板場から半蔵を睨み付けていたのとは違う、険しくも思いやりを込めた眼差しであった。

「両親《ふたおや》の顔も名前も知らねぇ身ですがね、姐さんが親と殺し合ってもいいかどうかを取り沙汰するつもりなんぞはありやせん。第一《でぇいち》、矢部の野郎はあっしにとっても親分の仇でござんすからね」

「だったら、どうして無理強いをするんだいっ」

「決まってまさぁ、姐さんに悔いを残してほしくはねぇからですよ」

「あたしが何を後悔するってんだい、梅?」

「どこの誰だか知らねぇ奴らに親父さんを殺されちまったら、今まで何のために苦労してきたのか分からないじゃありやせんか。そんなことになったら姐さんはどうするんです。このまんま煮売屋の女将を装って、くだらねぇ野郎どもに愛想を振り撒くことができやすかい?」

「そ、そんなのは御免だよ」

お駒は慌てて言葉を続ける。

「あたしが実のところは嫌気が差してるのは梅さんだって承知の上だろ。お前が手傷を負わされたのを喜ぶわけじゃないけどさ、ここんとこ店を開けずに済んでホッとしてるんだから」

「やっぱりそうでしたかい」

「当たり前さね。調子に乗って手を握ってくる阿呆もいるし、うんざりだよ」

梅吉と苦笑を交わし合うお駒の口調からは、先程までの堅さが取れていた。

煮売屋を隠れ蓑にして江戸に居着き、定謙を襲う機会を虎視眈々と狙い続けた一年間は、二人にとって耐え難いものだったらしい。

何も知らずに喜んで通っていた客たちこそ、哀れなものである。

むろん、半蔵も例外ではなかった。

（こやつら、好き勝手を言いおって……）

まんまと欺《あざむ》かれていたことを今さら怒るつもりはないが、お駒の本音を知れば知るほど落ち込まずにはいられない。

ともあれ、今は人質の救出が急がれる。

気が変わらぬうちに表へ連れ出し、吉原へ向かわねばなるまい。

当のお駒がその気になってきたからには下手に遠慮をせず、強気に攻めたほうが良さそうだった。

「されば参るぞ。支度《したく》をせい」

「へん、言われるまでもありゃしないよ」

不敵に微笑み返し、お駒は腰を上げる。

「留守を頼むよ、梅さん」

「へい」

力強くうなずき返し、梅吉は半蔵をじろりと見やる。

「いいかサンピン、姐さんを危ねぇ目に遭わせやがったら承知しねぇから覚えておきやがれ」

怪我をしていても、負けん気は相変わらずであるらしい。入り婿とはいえ百五十俵取りの旗本をサンピン――給金が年にたった三両一分の若党と一緒くたにするとは大した度胸だが、こう来なくては梅吉らしくないというものだ。

「相分かった。安心して寝ておるがいい」

苦笑混じりに答えると、半蔵は刀を提げて立ち上がった。

これから挑む戦いは、我が身を護ることばかりを考えてはいられない。

人質の二人を無事に助け出すと同時に、お駒の身にも危害が及ばぬように気を配らねばならないのだ。

されど、半蔵の表情に不安の色は無い。

お駒と共に『笹のや』を出た足で近くの船宿に赴き、猪牙を借りて道三堀伝いに大川へと漕ぎ出していく。

「いいのかい、旦那？」

船尾で櫓を握った半蔵に、お駒が怪訝そうに問いかける。

「その腰のもん、ゆうべのまんまじゃないか」

「それがどうしたのだ」

「お前さん、ほんとに刃引きでやり合うつもりなのかい。相手は腕っこきが五人もいるんだろ」

「案ずるには及ばぬ。大船に乗ったつもりでおるがいい」

「へっ、こいつぁ猪牙じゃないのさ」

「ははは……おぬしも冗談を言うのだなぁ」

不安を否めぬ様子のお駒を見返し、半蔵は微笑む。

心配されるのも無理はなかった。

共に修羅場に乗り込む以上、戦支度を万全にしてほしいのは当然だろう。

しかるに、半蔵は刃引きを帯びているのみ。帯前の脇差こそ本身だが、肝心の刀は相手を斬ることができない代物なのだ。

もちろんお駒は抜かりなく装備を整えていたが、自分を引っ張り出した半蔵が満足に戦えなくては話になるまい。

「ったく、笑いごとじゃないさね」

「大事ない、大事ない」

腐るお駒に今一度微笑み返し、半蔵は猪牙をぐんぐん進めていく。

すでに陽は高く、川面《かわも》のきらめきがまぶしい。

長閑《のどか》な雰囲気の中、二人は陽春の大川を遡上《そじょう》していく。

戦いの始まりは刻一刻と迫っていた。

三

吉原大門前に現れた半蔵の思いがけぬ申し出に、俊平は仰天した。

「本気ですか、笠井さん？」

「むろんじゃ」

浅黒い顔を引き締めた半蔵は訥々《とつとつ》と、そして力強く言葉を続ける。

「梶野土佐守の配下として責を果たすべく推参《すいさん》仕った。左衛門尉様……おぬしのお奉行には左様に申し上げてくれ」

「されば、どうあっても勘定奉行様のお側《そば》に上がられたいと……？」

「いずれ奴らは焦れ始め、本気であると示すために一人ずつ血祭りに上げることだろう。その折に、我がお奉行と左近衛将監様の盾となりたいのだ。拙者がやり合うておるうちにおぬしらが打ち入り、一網打尽にすればいい。拙者には助太刀も居るのでな、必ず成し遂げてみせようぞ」

「助太刀って、どこにいるんです」

「おぬしに引き合わせるのは遠慮させてもらおう」

「もしや、後ろ暗い奴じゃないでしょうね」

「それは聞かんでくれ……とにかく、頼む」

「冗談じゃありませんよ。自分から死にに行こうってんですか、笠井さん!?」

半蔵の申し出に俊平が異を唱《とな》えたのも無理はなかった。

完全武装して妓楼に入ることができるのならば、何も反対はしない。

天然理心流の兄弟子として信頼する半蔵の腕前を以てすれば、敵の不意を突いて隙を作ることも可能なはず。そうしてもらえれば後は自分たち同心と捕方たちが雪崩《なだ》れ込み、一気に片を付けられる。

しかし、帯刀したまま中に入れてくれるはずがないだろう。大小の二刀はもとより小柄《こづか》まで取り上げられ、丸腰にされた上でなくては土間にさえ踏み込ませてはもらえるまい。

一体、半蔵は何を考えているのか。

将軍が人質にされたのならば、小なりとはいえ直参旗本として命を捨てることを志願するのは理解できる。

だが、勘定奉行といえども梶野良材は半蔵の職場の上役にすぎない。我が身を犠牲にしてまで助けるほどの義務は無いはずだ。

まして人質の片割れの矢部定謙は出世の欲に凝り固まった俗物であり、俊平が尊敬の念を寄せる南町与力の仁杉五郎左衛門を陥《おとしい》れ、その責任を取らせて奉行の筒井政憲を失脚させるべく姦計を弄してきた悪党なのだ。

町方同心の立場としては考えるべきことではなかったが、このまま籠城犯の手にかかって命を落としてくれたほうが世の中のためになるに違いない。

良材はともかく、どうして定謙まで救おうとするのか。

納得できかねることだが、半蔵は頑として引き下がろうとはしなかった。

「そなたでは話にならぬのならば、他の者に取り次いでもらうまでだ」

「笠井さん……」

「急いでくれ。ご両名の御身に何かあってからでは遅いのだぞ」

とうとう俊平は根負けし、遠山景元に話を伝えざるを得なくなった。

「お前さん、本気でそんな真似をしようってのかい？」

「伏してお願い申し上げまする」

俊平と同様の反応を示した景元に向かって、半蔵は深々と頭を下げる。斯様な申し出をしたのは妓楼の中に入り込むと同時に、お駒のために隙を作るのが狙いだった。

突飛な話には違いないが、半蔵には人質を志願するだけの理由がある。

されど、お駒が同じ手段を用いるのは不自然だった。

実は定謙の娘なのですと打ち明ければ親を思う心に感服され、許しを得るのも可能だろう。

だが、お駒はそんな殊勝な気持ちなど持ち合わせてはいなかった。

半蔵に宣言した通り、定謙のことをあくまで仇としか見なしていないのだ。

それでも助けずにいられないのは、自分の手で始末を付けたいと願って止まずにいればこそ。

死んでくれるだけで満足できるのならば、何も救出に赴く必要は無い。

他の者に命を取らせるわけにはいくまい。

この手にかかってもらうまでは、何としても生かしておいてやる。

そんな歪んだ感情を半蔵は利用したのだ。

復讐をいずれ諦めさせたいのは本音だが、良材から下された密命を果たすのも大事だからだ。昨夜は怒りの赴くままに一時放棄をしてしまったものの、やはり影の警固役は全うしなくてはなるまい。

半蔵自身はいつ御役御免にされても構わないが、それでは笠井家代々の役目に誇りを持つ佐和を悲しませてしまう。

お駒のことも気にはかかるが、やはり妻を泣かせたくはなかった。

恐妻であっても惚れているのは事実であり、一緒にいたいと思うからこそ十年も耐えてきたのだ。今さら投げ出すわけにはいかない。

「どうかお許しくだされ、左衛門尉様」

「うーん、弱っちまったなぁ」

半蔵の執拗《しつよう》な申し出に、景元は困惑するばかり。

傍らに立った政憲も答えかねている様子だった。

と、そこに一人の男が歩み寄ってくる。

「迷うことはありますまい。やらせてみれば良いでござろう」

「何と申すか、鳥居」

政憲が鋭い視線を投げかけた相手は中肉中背の武士だった。

取り立てて特徴のない、茫洋とした顔立ちをしている。それでいて自然と周囲を圧する、言い難い威厳を備えていた。

鳥居耀蔵、四十六歳。

江戸市中の風紀を厳しく取り締まって着々と成果を上げ、老中首座の水野忠邦から絶大な信頼を寄せられている辣腕《らつわん》の目付である。

「そのほう、何をしに参ったのか」

問いかける政憲の口調は険しい。

景元も半蔵から目を離し、じろりと見返している。

この鳥居耀蔵、南北の町奉行にとっては天敵であった。

本来は町奉行の管轄である市中に無数の密偵を放ち、庶民の暮らしを監視するばかりか商家の探索まで行わせ、些細な咎で商いを停止させたり取り潰しに追い込んだりしている。

幕政の改革路線に沿っての行動とはいえ、やりすぎの感は否めない。

そんな冷血漢がおもむろに現れて、何を言い出すのか。

二人の町奉行の前に立ち、耀蔵は淡々と意見を述べた。

「このまま埒が明かねば、事が世間に知れ渡るは必定にござろう。さすれば拙者も町人どもを抑えきれますかどうか……速やかに手を打っていただきたく、罷《まか》り越した次第にござる」

「へっ、余計な口を出すもんじゃねーぜ」

「お黙りなされ」

景元の威嚇を涼しい顔で受け流し、言葉を続ける。

「いかがですかな、伊賀守様」

「む……」

「お答えや、如何に」

じっと注ぐ視線は政憲にのみ向けられていた。

最初から景元のことなど相手にもしていない。

同じ町奉行でも南町が格上であり、この場の決定権も握っているのを踏まえた上での態度であった。

控えている半蔵の目にも無礼としか映らぬ振る舞いだが、言うことに説得力があるのは認めざるを得まい。

人質にされた梶野良材の死以上に幕府が避けたいのは、この籠城事件を世間に知られてしまうことである。

同じ吉原の大門内に建つ他の妓楼に泊まっていた客たちには徹底した緘口令《かんこうれい》が敷かれており、帰宅させる際には同心が呼び寄せた岡っ引きを一人ずつ貼り付かせたので、迂闊《うかつ》なことを口走る恐れはなかった。

しかし、事態が長引けば人目に立つのは避けられまい。

吉原は浅草とは地続きであり、商いで出入りする者たちもいる。

廓内で異変が起きているのに気付けば周囲に触れ回られ、やがて江戸じゅうに噂が広まってしまうことだろう。辣腕の目付である耀蔵の手腕を以てしても、打ち消すのは至難の業に違いなかった。

「これなる者は土佐守様が配下でござろう。されば何も障りはありますまい」

「おい、どうしてそんなことが言い切れるんだい」

黙り込んだ政憲に代わって景元が食ってかかる。

「生き死にを問わず、この者は見返りを得るからにござる」

耀蔵は落ち着いた態度で答えた。

「首尾よう土佐守様をお助けいたさば昇進が叶うであろうし、仕損じたとしても家名の存続は許されましょう」

「む……」

「ご老中には、それがしから口添えをしても構いませぬぞ」

絶句した二人の町奉行を不敵に見返し、半蔵へと視線を転じる。

「これでそのほうも不服はあるまい……どうだ?」

「勿体なきご配慮、痛み入りまする」

半蔵は謹厳な面持ちを崩さない。耀蔵の気に食わぬ態度はどうであれ、妓楼の中にさえ入り込めるのならば障りはなかった。


その頃、妓楼の二階では定謙が痛め付けられていた。

「痛いやろ、ええ?」

嘲《あざけ》りを含んだ声で呼びかける、賊の頭目の言葉は上方なまりだった。

「ここで会ったが百年目、恨みはたっぷり思い知ってもらうでぇ」

告げると同時に、鞘ぐるみの刀をがっと突き下ろす。

硬い鐺《こじり》でみぞおちを押されながらも定謙は声を出すのを堪えている。先程から寄ってたかって殴り付けられても悲鳴ひとつ上げることなく、あざだらけの顔で荒い息を吐くだけにとどめていた。火盗改あがりの猛者といえどもがんじがらめに縛られていては抵抗できるはずもなかった。

まして高齢の良材が共に人質にされている以上、下手に抵抗しては状況が悪くなるばかりである。若かりし頃よりも肉体が衰えてしまっていることをつくづく思い知らされつつ、黙って乱打に耐えていた。

人はいつ何時、過去の所業の報いを受けるか分からない。

定謙が五人の賊に傷め付けられているのは、かつて大坂の地に赴任した折に買った恨みが原因であった。

「うぬらはやはり……洗心洞《せんしんどう》の者ども、か」

「そういうこっちゃ。あんときは世話んなったなぁ」

うそぶく頭目は落ちぶれてはいても元は武家と見受けられたが、仲間の四人は根っからの無頼漢であるらしかった。

階段の下から女たちの苦悶の声が聞こえてくる。

一階を見張りの持ち場とする二人が布団部屋から遊女を引きずり出し、狼藉《ろうぜき》に及んでいるのだ。

禁止したはずの所業に及んだと気付いていながら、頭目は階下へ止めに行こうともしない。

残る二人のうち一人は座敷の隅でぐったりしている良材を見張りながら、もう一人は階段の上がり口を監視しながら、共に酷薄な笑みを浮かべていた。

彼ら五人の正体は四年前の天保八年（一八三七）二月十九日に大坂市中で幕府に反旗を翻《ひるがえ》して敗れ去り、同年三月二十七日に潜伏先を突き止められた末に自害して果てた大塩平八郎《おおしおへいはちろう》の門人たち。

もうすぐ事件の発生から丸四年になるのに残党が生き残っていただけでも驚きだったが、江戸に潜入して籠城に及ぶとは大胆すぎる。しかも彼らは幕閣の要人を人質に取れば幕府が事を表沙汰にはできず、対処に苦慮するであろうことまであらかじめ予測した上で事を起こしたのだ。

人質としての値打ちは、現職の勘定奉行で老中首座の水野忠邦から重用されている梶野良材のほうが遥かに高い。

にも拘わらず、一味の頭目が矢部定謙を痛め付けることに躍起になっていたのには理由があった。

「先生がよう言うてはったで。さも物分かりが良くて慈悲深そうな顔《つら》ぁしとって裏に回れば手前《てめえ》の出世のことしか考えよらへん、われみたいな奸佞《かんねい》は一番始末に負えんてなぁ」

「…………」

頭目の嘲りに対し、定謙は一言も返せずにいた。

本来ならば、これほど罵倒と暴力を受ける謂《い》われはないはずである。

かつて大坂東町奉行所の与力だった大塩平八郎が兵を挙げたのは、定謙が江戸に戻って勘定奉行に任じられた翌年のことだった。

後の残党狩りにも手を貸してはおらず、逆に擁護する発言をしたために当時は本丸老中だった水野忠邦と対立するに至り、閑職に左遷される憂き目を見る一因にもなっている。

にも拘わらず、なぜ悪く言われなければならないのか。

つくづく心外な限りであった。

天保二年（一八三一）に堺町奉行、同四年（一八三三）に西町奉行として大坂に在った頃、定謙は平八郎と親交を持っていた。

平八郎が与力の職を辞し、在野の陽明学者として私塾の洗心洞を開いてからも立場を超えて親しく付き合い、献策を取り上げて大坂市中の飢餓対策に尽力したこともある。

そんな良好な関係を築いたというのに、なぜか平八郎は挙兵したときに定謙を名指しして、天誅されるべき「奸佞」呼ばわりまでしている。

定謙に言わせれば完全な誤解であり、真の奸佞は水野忠邦の実弟で東町奉行として市中で悪政を行った跡部良弼《あとべよしすけ》だったが、今は亡き平八郎に言い訳をするわけにはいかず、弟子たちに痛め付けられても抵抗できずにいた。

水野兄弟の陰謀で出世の道を閉ざされたままなのも耐え難いことだが、今は命までが危うい状況なのだ。

このまま殺されては無念すぎる。

何とかして生き長らえ、あらゆる誤解を解きたい。

だが、義士とは名ばかりの賊徒どもは情けなど持ち合わせていなかった。

故人である恩師の遺志を曲解し、将軍のお膝元で騒ぎを起こして江戸の治安を乱す火種にすることしか考えていない。

以前にも大塩の乱の直後に同様の事件が発生し、大事に至る前に人知れず鎮められたものだが、四年に及ぶ逃亡生活の末に幕府への復讐を始めんとする五人組もやはり性悪な連中である。

吉原遊郭での籠城が成功したのを受けて別動隊の仲間たちが他の三箇所に斬り込みをかけ、狙う相手を仕留める手筈《てはず》になっている。町奉行所の目をこちらに引き付けた上での陽動であった。

恨み重なる水野兄弟はもとより、死した後も大坂で支持を集めて止まずにいた平八郎の名誉を捏造《ねつぞう》した噂によっておとしめた鳥居耀蔵も、逃がしはしない。

今頃は三人とも血祭りに上げられ、幕府に動揺が走っていることだろう。

そろそろ人質を盾にして逃げを打つ頃合いだった。

連れて行くのは良材だけで問題ない。

定謙はこのままいたぶり殺し、息絶えたら棄《す》てていくまでのことだ。

頭目は無言で顎をしゃくる。

良材を見張っていた仲間が黙ってうなずき、襖《ふすま》の間から出した手を振る。

程なく、廊下にいた一人が年季の入った定寸刀を持って戻ってきた。

定謙の愛刀である。

「手前のだんびらで往生させたるわ」

足元でぐったりした定謙に嗜虐《しぎゃく》の笑みを投げかけつつ、頭目は刀を受け取ろうと手を伸ばす。

「ひっ!?」

「ううっ」

階下からくぐもった悲鳴が相次いで聞こえてきた。

狼藉を働かれた遊女たちの声ではない。

半蔵が自分も人質になると称して土間に入り込み、わざと刀を取り上げさせる寸前に食らわせた当て身で二人の賊を悶絶させたのだ。

一方、裏口から潜入したお駒は一気に二階へ駆け上がっていく。

風呂敷に包んで持参した、替えの忍び装束に装いを改めていた。昨夜と違って頬被りはせず、視界を広く確保している。

「このすべた、何してくれてんねん!」

廊下にいた一人がすぐさま斬りかかってくる。

お駒の手元から鉤縄《かぎなわ》が唸りを上げて放たれた。

町奉行所の廻方同心や岡っ引きが捕物に用いるものよりも太い縄の先端に頑丈な鉄鉤を装着し、屋根や木の枝に引っかけて登ることも可能な代物だ。

狙いは違《たが》わず、縄は鞭の如く賊の左足首を捉えた。

剣術において左足は素早く動くための軸であり、封じられては満足に立ち振る舞うことができなくなってしまう。

「うわっ」

不意を突かれた賊はよろめき、刀が廊下に転がり落ちる。

すかさずお駒は手を伸ばし、拾った刀を構えて突進した。

明かり取りの窓越しに刀身がきらめく。

次の瞬間、賊はすれ違いざまに胴を裂かれてぶっ倒れる。

散った返り血を頰に浴びていながらも、お駒は表情を変えずにいた。

半蔵よりも、よほど刃物の扱いに慣れている。

遅れて階段を昇ってきた半蔵は、複雑な表情を浮かべずにはいられなかった。

若いのに人を斬り慣れているのは、それだけ危険な目に遭ってきたということだ。

我が身を護るためならば、敵を斬るのも止むを得まい。

今も賊の生き死にを気にしている場合ではなかった。

それでも、半蔵は無闇に人の命を奪いたくはない。

そう思えばこそ刃引きの一振りのみを振るい、脇差は用いずにいる。

「あほんだら、返り討ちにしたるわ！」

座敷から走り出てきた一人の凶刃を受け流し、反動を利用して振りかぶった刃引きを左肩口に打ち込む。

ぐしゃりと骨の砕ける感触が柄を通じて伝わってきたが、骨身を断ち割るのに比べればましだった。

外道であっても必要以上に痛め付けたくはない。

どのみち、賊たちが捕えられた後に待っているのは死罪の沙汰のみである。

公にはできかねる事件だけに町奉行の裁きは人知れず、かつ速やかに下されることだろう。

何も、自分が死を与えることはない。

命を以て罪の報いをさせるための、手伝いだけができればいい。

されど、定謙とお駒については違う。

血を分けた父親と娘を殺し合わせてはなるまい。

今もお駒が血気に逸《はや》らぬように気を付ける必要があった。

なまじ人を斬り慣れているとあっては尚のこと、注意しなくてはいけない。

案の定、お駒は先んじて座敷に飛び込んでいく。

同時に金属音が響き渡る。

後を追わんとした刹那、ばっと半蔵は飛び退《すさ》る。

凶刃が襖を斜めに斬り破ったのだ。

焦って座敷内《うち》に踏み込もうとすれば半蔵は一刀の下に袈裟《けさ》斬りにされ、果ててしまったことだろう。

「やるやないか、上手《うま》いこと見切ったもんや」

うそぶく頭目は得物を失ったお駒を左の腕で抱え込み、右手一本で刀を中段に構えていた。

身の丈は六尺近く、半蔵と向き合っても見劣りしない。

刀の扱い方は十分に修練されており、籠城するのに先立って牛太郎たちを全滅させたことから、当然ながら人を斬り慣れてもいると察しが付く。

対する半蔵は体格と技量こそ同等ながら、手にした一振りには対抗するための刃が付いていない。

しかもお駒まで人質に取られていては、不利なこと極まりなかった。

「勝負あったってところやな……ほなら、去《い》んでもらうで」

頭目は酷薄な笑みを浮かべて半蔵を見やる。

頬は緩んでいても目は笑っていない。

このままお駒を盾にして半蔵を片付けた後、良材と定謙を連れ出して逃げを打つつもりなのだろう。こちらが手にしているのが刃引きであるのも、とっくに気付いているらしかった。

「早くやんなよ、旦那！」

お駒は苛立った声を上げる。

「斬れなくたって、あたしごと突いちまえばいいだろ！」

「馬鹿を申すな」

やけくそになって叫ぶお駒を黙らせると、半蔵は続けて言った。

「拙者は誰も斬りはせぬぞ。そなたも、こやつもな」

「ええ格好しいやのう、われ……」

お駒の口を分厚い手のひらで塞ぎつつ、頭目はうそぶく。

「安心しい。このあまにも、すぐに後を追わせたる」

告げると同時にお駒を離し、邪魔立てされぬように座敷の中へ蹴り込む。

空けた左手を柄に添えたのは片手で刀を振るっては威力が劣り、たとえ刃引き相手でも打ち負かされると予想してのことだった。

隙を見せぬとなれば真っ向から立ち向かうのみ。

「ヤーッ！」

「トォー!!」

二階の廊下に裂帛《れっぱく》の気合いが響き渡る。

天井の梁《はり》に刀をつっかえさせる愚は、共に犯さなかった。

二条の刀身が金属音を上げて激突する。

半蔵も頭目も足の幅を広く取り、腰を低くすることで天井を気にすることなく得物を振るっていた。

だが、屋内で戦うときに邪魔なのは梁だけではない。

両脇の壁、そして襖も障害物となるのを頭目は見落としていた。

「ううっ」

思わず驚きの声を上げたのは半蔵に押された刀身が横に傾ぎ、廊下の柱に食い込まされたせいであった。

天然理心流の組太刀の技は手数がやたらと多くはない代わりに、気迫をぶつけ合いながら太い木刀を交え、押し合うことが修行において重視される。

本身同士で押し合えば無意識のうちに体が恐怖を覚え、十分に力が入らなくなってしまうが、こちらが手にしているのは刃引きである。斬れぬ代わりに刃が欠けることもなく、思い切り圧倒することができていた。

ぐんと腰を入れ、半蔵は一気に押し返す。

頭目の刀は柱に深く食い込み、たちまち動かなくなる。

「うわ!?」

動揺して足がもつれた瞬間に胴を払われ、頭目は廊下に叩き付けられた。

「大丈夫ですか、旦那っ」

「大事ない……」

駆け寄ってきたお駒に微笑み返し、半蔵は刃引きを鞘に納める。

そろそろ俊平ら同心衆と捕方たちが突入してくる頃である。

こちらは裏口から退散し、後は任せておけばいい。

すでに良材も定謙も縛《いまし》めを解かれ、ぐったりと横たわっていた。

「さすがに盗《ぬす》っ人《と》あがりだ。手際がいいな」

「嫌ぁだ。変なことを褒めないでよ」

半蔵のつぶやきに苦笑しながらも、定謙に向けるお駒の視線は鋭い。

やはり憎くてたまらないのであれば、半蔵が頭目と渡り合っている間に鉤縄を使って絞め殺すこともできただろう。良材も邪魔ができる状態ではなく、容易《たやす》く仇を討てたはずである。

ところが、お駒はそうはしなかった。

半蔵との約束を守って、今日は助けることのみに徹してくれたのだ。

「旦那の顔を立てて、こいつの命はしばらく預けますよ」

「承知した。されば、引き上げるぞ」

微笑むお駒にうなずいて半蔵は廊下に立つ。

「急くでないっ！　裏には俺が廻る故、正面から打ち入るのだ！」

表から俊平の大声が聞こえてくる。わざと半蔵の耳に届くようにして、早く外に出ろと指示してくれているのである。

二人が裏口の戸を開くと、俊平の姿は無かった。

捕方たちに不審がられぬように言っただけで、半蔵が素性を明かしたくないとあらかじめ断っておいた連れの者――お駒を見ずに逃がすつもりらしい。

「あの若い八丁堀、旦那のお知り合いなんですか」

「同門の弟弟子だ。そのうちに店にも連れて来てやろう」

「それは構いませんけど、あたしらの素性は明かさないでくださいよ」

告げるお駒の顔に険は無い。

定謙を他の者に殺されずに済んで、ひとまずホッとしているのだ。

「じゃ、先に行きますよ」

「気を付けて参れ。梅吉も大事にな」

去り行くお駒を見送ると、半蔵は何食わぬ顔で妓楼の表に廻った。

悶絶した四人の賊と一人の亡骸が、そして気を失ったままの良材と定謙が戸板に乗せられて運び出されていく。

「よくやったの」

二人の町奉行に先んじて、労《ねぎら》いの言葉をかけてきたのは鳥居耀蔵だった。

もとより、半蔵に多くを語るつもりはない。

「そなた、笠井と申したか。平勘定とは思えぬ腕の冴えだな」

「恐れ入りまする。遅うなりましたが勘定所に出仕いたします故、御免」

足早に去る背中を、耀蔵はじっと見送った。

「……あやつ、使えそうだのう」

明るい陽光の下、つぶやく口調は興味に満ちていた。

辣腕の目付である耀蔵は、直属の配下である御小人目付たちの他にも腕利きの剣客たちを用心棒として召し抱えている。明け方に賊の別動隊が斬り込んできたのを返り討ちにし、すぐさま水野兄弟の屋敷に走って敵の一団を全滅させたのも彼らであった。

笠井半蔵も負けず劣らず、腕が立つのは間違いない。

「土佐守には勿体《もったい》ないわ……ましてや、左近衛将監には過ぎた手駒じゃ」

どうやら掌中に取り込み、己のために働かせたいらしい。

入り婿として十年の間、忍従の日々を送るばかりだった半蔵の周辺はにわかに騒がしくなりつつあった。

直属の上役である、勘定奉行の梶野土佐守良材。その良材の密命により、影の警固役として護ることになった矢部左近衛将監定謙。

義理の弟の村垣範正に、同門の弟弟子の高田俊平。

お駒に梅吉、そして佐和。

彼ら彼女らは今後どのように半蔵と関わり、何をさせようとするのか。

人は斬れずとも刃引きの一振りによって発揮される無類の強さを、何のために生かしてほしいのだろうか。

いずれも今はまだ、当の半蔵も与り知らぬことであった。

この作品は2011年1月双葉社より刊行された『算盤侍影御用　婿殿開眼』を加筆修正し、改題したものです。

徳間文庫

婿殿開眼㈠

密《みつ》命《めい》下《くだ》る

2019年6月15日 初刷

著者 牧《まき》秀《ひで》彦《ひこ》

発行者 平野健一

発行所 株式会社徳間書店

〒141-8202 東京都品川区上大崎三-一-一 目黒セントラルスクエア

電話 編集〇三(五四〇三)四三四九 販売〇四九(二九三)五五二一

振替 〇〇一四〇-〇-四四三九二

印刷 製本 大日本印刷株式会社

ISBN978-4-19-894478-0 (乱丁、落丁本はお取りかえいたします)

徳間文庫の好評既刊

牧　秀彦

松平蒼二郎始末帳三

夜《や》叉《しゃ》狩り

　生花の花月庵蒼生といえば江戸市中に知らぬ者はない。蒼さんの通り名で呼ばれる浪人の本名が松平蒼二郎であることを知るのは闇に生きる住人たちだけ。その一人、医者丈之介を通じ、深川の質屋を舞台とした凄惨な押し込み強盗と関わることとなり……。

牧　秀彦

松平蒼二郎始末帳四

十《じっ》手《て》狩り

　巨悪を葬る人斬りを業とする松平蒼二郎。仲間と共に人知れず悪を斬る。だがその正体が、火付盗賊改方荒尾但馬守成章に気づかれてしまう。成章としては好き勝手に見える彼らの闇仕置を断じて容認するわけにはいかぬ。追いつめられた蒼二郎たちは……。